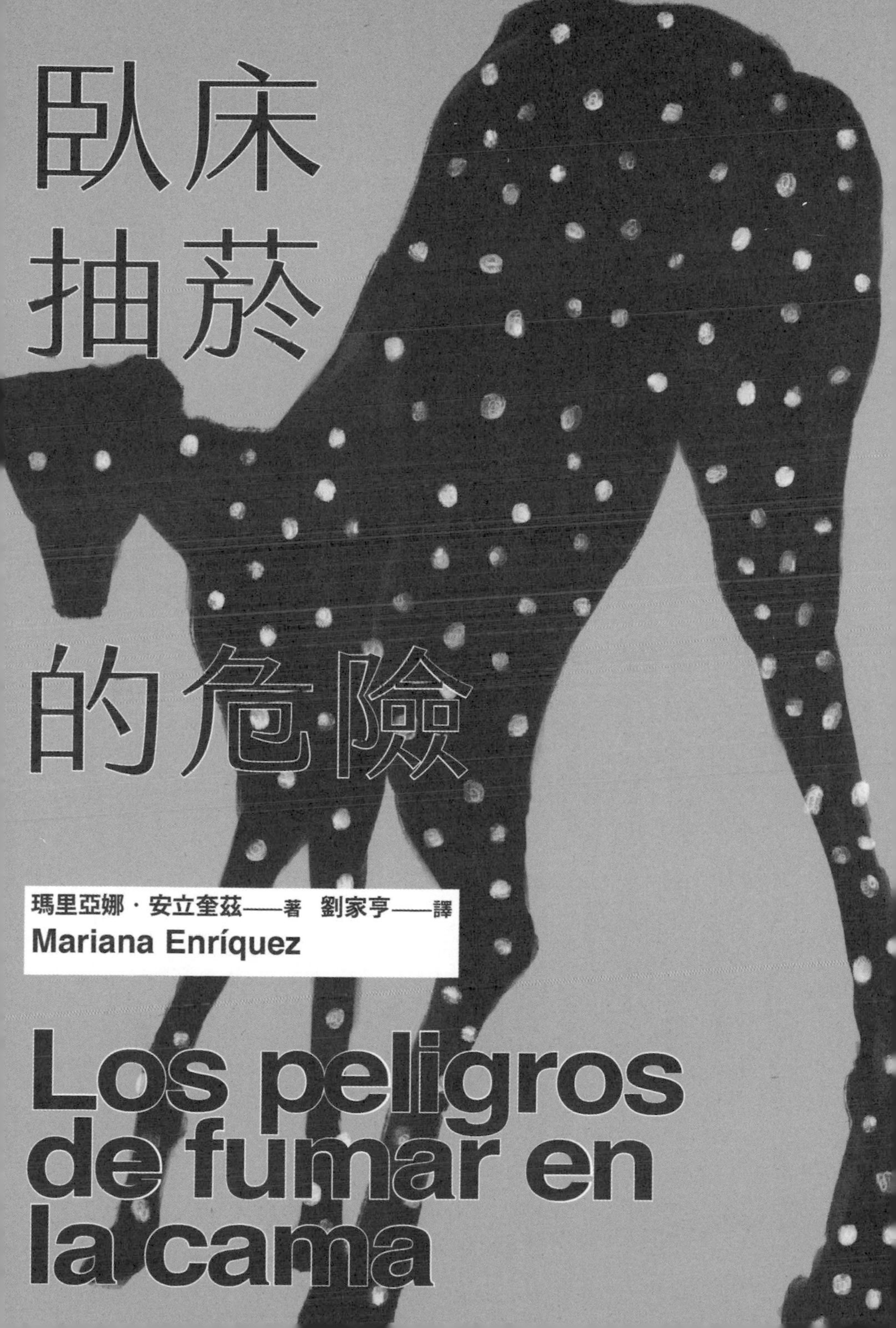

臥床抽菸的危險

瑪里亞娜・安立奎茲——著　劉家亨——譯

Mariana Enríquez

Los peligros de fumar en la cama

目次

09 小天使被挖出來了 El desentierro de la angelita

19 採石場的聖母 La Virgen de la tosquera

37 推車 El carrito

51 水井 El aljibe

71 悲傷大道 Rambla Triste

93 望樓 El mirador

109 親愛的心，你在哪裡？ Dónde estás corazón

125 肉 Carne

137 不拍攝慶生派對，也不拍攝受洗儀式 Ni cumpleaños ni bautismos

153 孩子們回來了 Chicos que vuelven

215 臥床抽菸的危險 Los peligros de fumar en la camae fumar en la cama

223 從前我們與亡者對話的時候 Cuando hablábamos con los muertos

獻給保羅，和我們的貓咪查特溫。

你待在原地，而我得到一個惡咒
給他一個羊頭，
讓他看著我奪走他的位置。
夜晚帶給他更糟的東西。

——威爾．奧德漢姆，〈一個窩囊廢的夜晚〉*

* 威爾．奧德漢姆（Will Odham, 1970- ）：美國另類鄉村民謠教父，「Bonnie 'Prince' Billy」爲他其中一個化名。

小天使被挖出來了

El desentierro de la angelita

奶奶不喜歡下雨天。每當天色轉陰、頭幾滴雨水落下前，她總帶著幾個瓶子跑去後院，把瓶口埋入土中，半截瓶子埋起來。我常常追在奶奶身後問：「奶奶妳爲什麼不喜歡下雨天？妳爲什麼不喜歡？」但奶奶什麼也沒告訴我，她總是言詞閃爍，拿著小鏟子，皺著鼻子，嗅聞空氣中的潮氣。若最終下起雨來，不管下的是毛毛細雨或狂風暴雨，奶奶會關上門窗，調高電視機的音量，掩蓋風雨打在鐵皮屋頂上的聲響。若暴雨驟降時，電視上恰好播出奶奶最愛的影集《勇士們》，那麼無論誰和她說話，她絕對不搭理，因爲她愛戀著演員維克．莫羅，無法自拔。

我酷愛雨天，因爲雨水讓乾涸的土地變得柔軟，讓我得以沉溺於挖掘的癖好之中。天啊，我超愛東挖挖西挖挖。我常用奶奶的那把鏟子，鏟子很小，大概跟孩童在沙灘玩耍用的差不多，只不過不是塑膠製的，而是用金屬和木頭。後院邊緣埋著許多綠色玻璃碎片，邊角平滑，不會割人，還有些圓滑的石頭，像是卵石或海灘上的小石頭。它們爲什麼在我家的後院呢？應該是有人埋在這裡的吧。有一次，我找到一塊橢圓形石子，大小和顏色就像是隻少了腳和觸鬚的蟑螂。石子的一面平滑，另外一面有幾個缺口，構成一張清晰的五官，看起來笑咪咪的。我欣喜若狂，把石子拿給老爸看，以爲撿到了古代文物，但老爸說那些痕跡只是湊巧。老爸總是這樣，什麼事情都提不起他的興致。我也找到幾個黑色骰子，點數是白色的，磨損到幾乎看不見。還找到幾塊青蘋果色和青綠色的磨砂玻璃碎片，奶奶想起來那些原本是一扇老舊的門的一部分。我也常常戲弄蚯蚓，把牠們切成小碎塊。看著蚯蚓分割的身軀微微擰絞，最後又繼續往前爬行，並不令我感到開心。我想，若把蚯蚓當作洋蔥剁碎，讓牠們的節與節之間沒有接觸，那牠們就沒辦法再生了。我向來不喜歡蟲子。

一場暴雨降臨，後院的一塊地成了泥潭。雨後，我在那兒找到幾根骨頭。我把骨頭收進裝寶物的桶子，拿到院子的洗手檯清洗再拿給老爸看。老爸先是說那些是雞骨，或是牛排的骨頭，或者誰的寵物貓狗死掉了，老早以前埋在那裡。後來又堅稱那是雞骨頭，因為在他小時候，奶奶在後院有間雞舍。

這個說法貌似合理。然而，奶奶一聽到小骨頭的事，便扯著頭髮大聲喊道：「是小天使！是小天使！」在老爸的怒目注視下，奶奶沒有吵鬧多久——老爸尚能接受奶奶的「迷信」（他是這麼說的，「迷信」），只要她不要太過火。奶奶認得老爸責難的表情，莫可奈何，只能硬逼自己冷靜下來。奶奶要我把小骨頭拿給她，我也照辦了。之後她趕我回房間睡覺。我有點生氣，不明白為什麼受到處罰。

然而，那晚稍後，奶奶叫我去她房間，對我全盤托出。她說那是她第十或第十一個妹妹的骨骸，她不是很確定，因爲從前的人對小孩子也沒有多大關心。那孩子出生後，時常發燒、腹瀉，沒幾個月便夭折了——人們稱這樣的孩子是「小天使」，喪禮時用粉紅色布幔包裹她，讓她倚著靠枕坐在繁花佈置的桌子上，還用瓦楞紙板做了一對小翅膀，好讓她更快升上天堂。人們沒有在她口中塞滿紅色花瓣，因爲女嬰的母親，也就是我的曾祖母，覺得紅花看起來就像是鮮血，無法忍受。衆人整晚載歌載舞，最後甚至還不得不趕走某個爛醉如泥的親戚，再加上天氣炎熱，曾祖母哭到暈倒，他們還必須弄醒她。有個印第安女子扮演送行者的角色，朗誦三聖頌，只收取幾個餡餃作爲報酬。

「奶奶，那件事是在這裡發生的嗎？」

「不是，是在薩拉維諾，聖地亞哥省那兒。那年頭天氣眞夠熱的！」

「如果小女娃兒是在那裡死的，那麼這些就不是她的骨頭啊。」

「不，就是她的。我們搬來這裡的時候，我把骨頭帶來了。我不想要把小可憐留在那裡，她每晚都在哭啊。她如果能待在家裡、在我們身邊哭，那就好了。想想看，要是我們拋棄了她、她只能孤伶伶哭！所以我把她帶了過來。當時她已經只剩骨頭了，我把她裝進袋子裡，埋進後院。就連妳爺爺也不曉得。妳曾祖母也不曉得，沒有人知道，因爲只有我聽得見她的哭聲。妳的曾祖父其實也聽得見，但他總是裝傻。」

「那女娃兒來到這裡以後也會哭嗎？」

「只有下雨的時候才會哭。」

後來我問老爸，小天使女娃的故事是否爲眞。老爸說奶奶年紀大了，時常胡言亂語。他看起來並不像是非常確定的樣了，或者搞不好這個話題令他感到不自在。之後，奶奶過世，家裡的房子賣了，我獨自一人搬出去住，沒有丈夫、沒有孩子。老爸搬到位於巴爾瓦內拉區的公寓。就此，小天使的事被我拋諸腦後。

直到十年後，某個風雨交加的夜，祂出現在我的公寓、我的床邊。

小天使看起來不像是鬼魂，沒有飄在空中，並非面無血色，也沒穿白衣。祂半身腐爛，也不開口說話。祂第一次現身時，我以爲自己在作夢，試圖從噩夢中醒來。但我發現自己醒不來，明白這一切都是眞實的事，嚇得放聲尖叫大哭，拉起被單罩住自己，緊閉雙眼，雙手摀住耳朵，不去聽祂說話——那個當下，我並不曉得祂是啞巴。幾個鐘頭後，我掀開被單，小天使仍在原地，肩上仍披著一條殘破的毯子，有如一件斗篷。祂指指外頭，指著窗戶和街道，我才注意到已是白天。大白天裡看見死人實在奇怪。我問小天使祂想要什麼。然而，祂就像恐怖片裡一樣，只是指著屋外。

我自床上起身，拔腿跑向廚房，拿起洗碗手套。小天使緊緊跟在我身後，由此可見祂的個性多麼咄咄逼人。我沒有被祂嚇到。我戴上手套，揪住祂的小頸子，使勁掐住。試圖掐死死人並不合乎常理，但人感到絕望的同時，沒辦法保持理性。我甚至沒能把小天使掐得咳嗽，只是害祂的氣管暴露，腐爛的人肉殘渣黏在戴了手套的指間。

這時我仍不曉得祂是安赫莉塔，我奶奶的妹妹。我依舊使勁緊閉雙眼，看祂會不會消失，或者看自己會不會醒來。但這方法沒有奏效，於是我在祂身旁走了幾圈，繞到祂身後，看見祂的後背上掛著某種東西的殘留物，顏色泛黃。現在我知道那東西原本是粉紅色的裹屍布，兩片發育不全的瓦楞紙板小翅膀上頭胡亂沾黏了數根雞羽毛。過了那麼多年，羽毛應該已經不見了吧，我心想，卻只能歇斯底里地笑了幾聲，告訴自己：我的廚房裡有個死掉的嬰兒，祂是我的姨婆，而且祂會走路——雖然就祂的身形來看，祂生前只活了三個月左右。我必須不再思考何爲可能、何爲不可能。

我問女娃兒祂是不是我的姨婆安赫莉塔。當年家人來不及替祂登記正式姓名（從前時代不一樣），便總是用這個菜市場名稱呼祂。我這才發覺祂不會說話，但會點頭或搖頭。所以，奶奶說的是眞的，我心想。我小時候挖出的骨頭不是雞舍留下的，而是她妹妹的小骨頭。

安赫莉塔想要什麼，教人摸不著頭緒，因爲祂除了點頭，就是搖頭。然而，祂迫切需要某件東西，祂不只是一直指著某個方向，還不放過我，我在家裡走到哪，祂就跟到哪。我洗澡的時候，祂就在浴簾的另一側等；我如廁時，祂坐在浴盆上；我洗碗時，祂站在冰箱旁邊；我用電腦工作時，祂就坐在椅子旁邊。

第一個星期，我繼續過著我的普通生活。我以爲是壓力過大而產生的幻覺，休息就沒事了，便請了幾天假，吃了些安眠藥。小天使依舊在那兒，站在床邊等待我睡醒。幾個朋友上門探望。起初我不願回覆訊息，也不想開門讓人進來，但爲了不讓他們操心下去，我同意跟他們見面。我解釋說我感到心力交瘁。他們明白我的意思。「妳總是拚了老命工作。」他們全都沒有看見小天使。朋友瑪莉娜第一次來探望的時候，我把小天使關進壁櫥，但令我感到恐懼和噁心的，是祂逃了出來，坐在扶手椅的扶手上，腐爛的臉孔呈現灰綠色，奇醜無比。瑪莉娜絲毫沒有察覺。

不久後，我帶了小天使上街。沒人發現祂的存在。除了某個男人，他匆匆瞥了小天使一眼，旋即轉過身來再看了一眼，然後臉色大變。他的血壓想必驟降了吧。還有另外一個女士，一看見小天使便拔腿逃跑，差點在查卡布科街上遭四十五號公車輾斃。一定有人看得見小天使吧，我心想，但看得見的肯定不多。我倆一起外出時——或者應該說祂跟著我出門的時候，除了任由祂尾隨，別無他法——我改用背包揹祂（祂走起路來很難看，身體那麼小，非常不自然），避免嚇壞那些看得見祂的人。我也替祂買了面罩式繃帶，燒燙傷患者用來遮蓋疤痕的那種，包覆祂的臉。於是，人們若是看得見祂，除了覺得噁心，也會感到震驚和惋惜。小天使在他們眼中成了病入膏肓或身受重傷的嬰兒，而非死嬰兒。

我總在想，若老爸看見我這德性，會怎麼想。他生前老是抱怨這輩子沒機會抱孫子（最終他到死都沒抱過孫子，我在這件事、以及其他許多事情上，讓他失望了）。我買了些玩具給小天使玩，有娃娃、塑膠骰子，還有奶嘴，但祂好似都不怎麼喜歡，依舊用祂那根該死的手指指著南方——我注意到了，祂總是指向南方，早上、下午、晚上都是。我時常跟祂說話，問祂問題，但祂不善於溝通。

一天早上，祂拿著一張相片現身。相片中是我童年時代的老家，我就是在那棟屋子的後院挖到祂的小骨頭的。祂是從我存放舊相片的盒子拿出相片的。祂的皮膚腐爛、脫落，在其他相片上留下濕濕油油的汙漬，噁心死了。祂指著相片中的房屋，態度還挺堅持的。「妳想去那裡喔？」我問祂。祂點了點頭。我說那棟房子已經不是我們的了，賣出去了，祂又再次點了個頭。

我讓小天使戴上面罩，把祂裝進背包內，搭乘十五號公車前往阿韋亞內達。一路上祂不曾望向窗外，不看其他人，也沒有玩任何東西。外頭的事物對祂來說，就跟我買給祂的玩具一樣，無關緊要。我讓祂坐在腿上，好讓祂舒服點。雖然我不知道祂會不會感到不舒服，也不知道這麼做對祂來說是否有任何意義。我甚至不曉得祂有什麼感覺。我只知道祂並不可怕——起初有些害怕，但好一陣子不這麼想了。

大約下午四點鐘，我倆抵達從前的老家。夏季一如既往，米特雷大道上瀰漫著一股馬坦薩河和汽油的濃重氣味，混雜著焚燒垃圾的臭氣。我們步行穿過廣場，經過伊托依斯療養院前——奶奶就是在這兒去世的，繞過競技俱樂部的球場。後頭便是我的舊家，距離足球場兩個街區之遙。來到門前了，接著，我該怎麼做呢？請現在的屋主讓我進去？該用什麼理由？我先前根本連想都沒想過。帶著一個死嬰兒東奔西跑，顯然害我的頭腦不清楚。

處理眼下這個難題的是小天使。不需要進去。可以透過界牆探頭望進後院，而祂也只想要看一眼後院。我把祂抱在懷裡，兩人一起偷窺。界牆挺矮的，想必蓋得不是很好。那兒，從前後院土地的位置上擺著藍色塑膠泳池，嵌在地上的坑內。這家人顯然把整塊地翻了過來，挖了那個大坑，天曉得他們把小天使的小骨頭扔到什麼地方去了。小天使的骨頭就這樣隨著翻土挖地，搞不見了。我覺得很遺憾，小可憐。我跟小天使說我很抱歉，我沒辦法替祂解決這件事。我甚至還告訴祂，說我覺得很懊悔，當初賣掉房子的時候，我沒有重新把骨頭挖出來，沒有拿去某個寧靜的地方埋起來，或是依照祂的心願埋在距離家人很近的地方——總之當年我沒有這麼做。我的意思是，我明明能夠輕輕鬆鬆地把骨頭裝進某個箱子或某個花瓶裡帶回家！我對小天使感到很抱歉，向祂賠不是。小天使點點頭。我明白祂接受我的道歉，問祂現在是否安心了，是否可以離開了，是否可以不再纏著我了。祂搖了搖頭。「好吧。」我回答。祂的答覆不是令我很開心，我於是快步走向十五號公車的站牌，逼得祂得赤腳小跑步追趕我。祂的雙腳腐爛得那麼嚴重，白色的小骨頭全露了出來。

採石場的聖母

La Virgen de la tosquera

希薇亞獨自住在租來的公寓。她在陽台上種了一株一公尺半的大麻。她的臥室寬敞，床墊擺在地板上。她在教育部上班，有自己的辦公室，有不錯的薪水。她把長髮染成烏黑色，常穿印度罩衫，罩衫的袖口寬大，銀色的絲線在陽光下閃閃發亮。她來自奧拉瓦里亞。她有個表親去墨西哥旅行，最終離奇失蹤。希薇亞是我們的「大」朋友，出去玩的時候她照顧大家，時常把家借給我們，讓我們抽大麻菸，或者和男孩子幽會。但我們希望希薇亞人生失敗，孤立無援。因為她懂的總是比我們多：若我們之中有誰知道了芙烈達．卡蘿，啊，那她跟那個表親（失蹤前）早就一起在墨西哥參觀過芙烈達．卡蘿的故居；若我們試用某種新的毒品，那她早就吸過那玩意兒了，還會經服用過量；若我們發現哪個喜歡的樂團，那她「早就不再」迷那個樂團。她的頭髮直順豐盈，烏黑濃密，我們看了就討厭。我們跑遍了一般的髮廊，就是找不到她用的那種染髮劑。那是什麼牌子的呢？她搞不好願意告訴我們吧，但我們從來沒開口問過。我們討厭她總是有錢，總是有錢再買一瓶啤酒，總是有錢再買二十五公克的毒品，總是有錢再買一份披薩。這怎麼可能？希薇亞說她除了薪水以外，還有爸爸為她開的帳戶。她老爸很有錢，但不常跟她見面，也不承認她這個女兒，卻會替她在銀行內存錢。這肯定是騙人的，天大的謊言。她說她姊姊是模特兒，也是騙人的。她姊姊有次來找她，我們見過本人，什麼模特兒，根本什麼屁也不是，只是個矮冬瓜黑妞，屁股有夠大的，一頭亂糟糟的鬈髮，還上了髮膠，油膩到不行，簡直就是普妹中的普妹，她就算是作夢也沒機會站上伸展台。

然而，我們之所以希望見到希薇亞落得潦倒，主要是因爲迪亞哥喜歡她的緣故。我們是在巴里洛切認識迪亞哥的，當時我們去那兒畢業旅行。迪亞哥瘦巴巴的，眉毛很粗，總穿著圖案不同的滾石樂團T恤（其中一件是舌頭的標誌，另外一件是《將你紋身》的專輯封面，還有一件是主唱傑格抓著一隻線尾是蛇頭的麥克風）。那天，騎完馬後，卡特德拉爾山附近夜幕低垂之際，迪亞哥用民謠吉他彈了幾首歌給我們聽。回到飯店，他教我們要用什麼比例的伏特加和柳橙汁，才調得出好喝的螺絲起子調酒。迪亞哥對我們很好，但他只肯跟我們接吻，不願意跟我們上床，也許是因爲他年紀比較大（他留級過，這年十八歲），或者因爲他壓根兒就不喜歡我們。回來布宜諾斯艾利斯後，我們打電話邀他參加派對。派對上，有那麼一會兒他的心思放在我們身上，直到希薇亞跑來找他聊天。之後，他依舊對我們很好，這點倒是眞的，但希薇亞獨占了他。希薇亞講述她那些關於烏羽玉仙人掌和糖骷髏頭的墨西哥旅行故事，讓迪亞哥拜倒在她的石榴裙下（或者該說煩得他無法招架，我們對此有不同的看法）。希薇亞的年紀也比較大，她高中已經畢業兩年。迪亞哥的旅行經驗不多，但這年夏天他想要當背包客，去北部自助旅行。希薇亞已經去過那裡（當然！），便給了迪亞哥許多建議，要他打電話給她，說是要推薦他便宜的旅館和民宿。雖然希薇亞連一張旅行的相片也沒有，就連一張也拿不出來，沒有任何證明她眞的去那兒旅行過——或者去其他地方旅行過，她不是自稱去過很多地方嗎？然而，迪亞哥照單全收，信以爲眞。

那年夏天，提議要去採石場水潭玩耍的人是希薇亞。我們不得不承認她的這個主意非常好。希薇亞討厭公共游泳池，也討厭俱樂部的游泳池，就連莊園或週末度假小屋的泳池也不喜歡，總說這些地方的水不新鮮，說像是停滯的死水。最鄰近的河流汙染嚴重，因此她也沒地方游泳。我們老覺得「希薇亞以爲自己是什麼人啊？自以爲南法海岸出生的喔？」，然而，迪亞哥耐心聽著希薇亞解釋爲什麼想要「新鮮」的水，而且完全同意她的說法。他倆稍微討論了要不要去海邊、去瀑布，或是哪條小溪，最後希薇亞提及採石場的水潭。辦公室的同事曾告訴她，去南方的公路旁有一大堆採石場遺留下來的水潭，但聽說那些水潭十分危險，人們由於害怕，幾乎不太下水玩。希薇亞提議我們下個週末就去那兒。我們二話不說便接受她的提議，因爲我們曉得迪亞哥一定會答應，而我們不希望他倆獨自出遊。迪亞哥搞不好會看見希薇亞的那副醜陋身材吧，那樣就太好了。希薇亞的腿挺粗肥的，她總說是因爲小時候打過曲棍球的關係，但我們之中一半的人也都打過曲棍球，沒有人的腿跟她一樣，跟豬腿一樣粗。而且她的屁股又大又平，穿起牛仔褲來難看得不得了。要是迪亞哥看見希薇亞的這些缺點（此外，她除毛總是除不乾淨，搞不好她的毛沒辦法連根拔除吧，她的皮膚非常黝黑），也許就不會喜歡她了，也許目光會永遠停留在我們身上。

希薇亞稍微做了調查，說我們必須去聖母採石場的水潭，說那個水潭最棒、最乾淨，也是最大、最深、最危險的水潭。聖母採石場非常遙遠，幾乎位於三〇七號公車的路線盡頭，接近上公路的交流道。聖母採石場的水潭之所以特別，是因爲幾乎沒人會在那裡下水。並不是因爲水深危險，而是因爲買下水潭的地主。我們也接受，因爲我們沒有人曉得採石場的水潭有什麼用，也不曉得還能買賣，但若那座水潭有地主，我們也不覺得有什麼奇怪的，我們明白地主不會希望有陌生人跑去他的地產玩水。

據小道消息所言，有外人入侵時，水潭的地主會開著小貨卡自小丘後頭現身，朝著不速之客開槍，有時候也會放狗咬人。他替他的私人水潭佈置了一座巨大的祭壇，在主要大水塘的一側鑿了洞窟，在裡頭供奉聖母，沿著右側的一條土路繞過水潭，方可抵達。那條道路的起點在公路附近，入口是就地取材搭建的狹窄鐵拱門。另外一側就是那座小丘，地主隨時可能開著小貨卡從那兒冒出來。聖母前方的潭水毫無波瀾，幽黑不見底。這一側有片小湖灘，遍地都是黏土。

這年一月，每逢週六我們必去那兒。天氣酷熱，而潭水是如此冰涼，下水的感覺就像是浸入一片奇蹟之中。我們甚至稍微把迪亞哥和希薇亞拋諸腦後。偷偷闖進這裡，泡在清涼的潭水中，也令他倆心醉神迷，忘記彼此。我們試著閉緊嘴巴，試著不嬉笑打鬧，以防吵醒躲藏在某處的地主。雖然有時候有些人跟我們在同一個站牌等回程的公車，但我們從來沒在水潭那兒看過任何人。我們的頭髮濕漉漉的，皮膚散發著揮之不去的氣味，岩石和鹽巴的氣味，他們大概猜得到我們是從採石場水潭回來的。有一次，公車司機跟我們說了一件怪事。他說地主放的狗有些野，要我們小心一點。當下我們感到不寒而慄，但下個週末，一如既往，那兒除了我們，根本連個影子也沒有，就連遠方的一聲狗吠也沒聽見。

我們看得出來迪亞哥對我們稍感興趣了，他打量我們金澄澄的大腿、纖細的腳踝、平坦的腹部。他仍舊和希薇亞走得比較近，即使注意到我們比希薇亞來得漂亮許多，但他好似仍爲她傾心。問題在於他倆都很擅長游泳。他們會和我們一起玩水，教我們一些把戲，但有時候他們會感到無聊，然後以快速且精準的動作游到一邊去。我們完全追不上他們。水潭眞不是開玩笑地大。我們待在岸邊附近，看著兩顆黑色的人頭在水面上載浮載沉，看著他倆的嘴唇動來動去的，但完全聽不到他們說些什麼。他倆時常哈哈大笑，這我們倒是聽得見，希薇亞的笑聲很吵，我們不得不罵她，叫她小聲點。他倆看起來十分開心。我們曉得他們沒多久就會回想起來有多喜歡彼此，很快就會回想起公路旁的這個夏日涼爽時光只是曇花一現。我們必須阻攔他們。迪亞哥是我們大家一起找到的，她不可以一個人獨占所有。

迪亞哥一天比一天帥。他第一次脫下T恤的時候，露出壯碩的寬肩，精瘦的背部，腰部以上的膚色曬得恰好。他教我們用火柴盒做大麻捲菸的菸嘴，時刻照顧我們，不讓瘋瘋癲癲的我們一頭跳入水中，以防我們抽得太嗨而溺斃。他常燒一些樂團的專輯給我們。他認爲我們必須認識那些樂團，還會出題考我們。迪亞哥很可愛，注意到我們發自內心喜歡某些他最愛的歌曲時，他總是樂不可支。我們常懷著虔誠的心，聆聽他燒給我們的唱片，在歌曲中尋找訊息。他會不會有什麼話想對我們說？不怕一萬，只怕萬一，我們甚至還查字典，翻譯這些英語歌曲。我們常在電話中讀翻譯出來的歌詞給對方聽，熱烈討論一番。歌詞的內容令人費解，而且意思矛盾。

希薇亞和迪亞哥已經成了男女朋友。得知這個消息的當下，所有的臆測戛然而止，感覺彷彿有人用一把冰冷的刀劃過我們的背脊。他們是什麼時候開始交往的！怎麼會！

他們的年紀比較大，不需要早早回家，更何況希薇亞有自己的公寓。我們眞笨，竟然還把我們這些乳臭未乾的小鬼頭的諸多限制套用在他們身上。儘管我們滿常偷溜出門，但我們仍被作息時間和手機控制得死死的，而且我們的爸媽也都相互認識，無論我們要去哪兒，比方舞廳、俱樂部、朋友家，或者回家，他們都會開車接送。

我們很快便得知希薇亞和迪亞哥成爲男女朋友的細節，說起來也不是特別精采。他倆背著我們私底下偷偷見面已經好一陣子了。事實上，他們都是在晚上見面的，但有時候迪亞哥會去教育部接希薇亞下班，然後去喝點小酒，不然就是一起在希薇亞公寓過夜。打完炮後，他們肯定把希薇亞種的大麻捲成菸，躺在床上吞雲吐霧。我們有些人到了十六歲都還沒打過炮，眞慘。我們倒是幫男生吹過老二，而且技巧了得，但不是每個人都有經驗。我們對此恨之入骨。我們希望迪亞哥是屬於我們大家的，並非要他做我們的男朋友，只希望他跟我們打炮，只希望他像教我們搖滾樂、調酒和游蝶式一樣，教我們性愛。

其中最執迷不悟的就屬娜塔莉雅。娜塔莉雅還是處女，常說想要把第一次留給值得的人，而迪亞哥就是她所謂的那個值得的人。一旦娜塔莉雅有了某個念頭，便很難讓她回心轉意。有一次，娜塔莉雅的考試分數慘不忍睹，被爸媽禁止上舞廳一週，她因此一口氣吞了二十粒她媽媽吃的藥。最終，她爸媽還是允許她去舞廳跳舞，但也送她去看心理諮商師。娜塔莉雅常常沒赴約，把看醫生的錢拿去買想要的東西。她希望迪亞哥對她另眼看待，她可不想投懷送抱，而是要迪亞哥主動渴望她、喜歡她、爲她神魂顚倒。然而，每次在派對上和迪亞哥搭話的時候，迪亞哥只會側著臉對她笑一下，然後繼續跟我們之中的隨便一個人聊天。迪亞哥不常接她的電話，就算接了，聊得也不起勁，聊到最後總會由迪亞哥先打斷。到了採石場水潭後，迪亞哥一眼也沒瞧過娜塔莉雅，她有健美的長腿、結實的屁股，迪亞哥卻連看都不看。就算他看著娜塔莉雅好了，眼神也像是注視著一株尋常乏味的植物，比方垂榕。娜塔莉雅倒是無法接受。她不會游泳，但會在岸邊泡泡水，從清涼的潭水上岸時，她那件黃色泳衣總會緊貼著她古銅色的身體，貼身得甚至看得出她那因冷水而激凸的乳頭。娜塔莉雅知道任何一個男孩子看見她這模樣，都會瘋狂尻槍，尻到精盡人亡。但迪亞哥不會，他偏偏愛那個扁屁股的賤貨！我們一致認為他真是教人摸不著頭緒。

一日午後，要去上體育課的時候，娜塔莉雅說她在迪亞哥的咖啡內加了自己的經血。她是在希薇亞家幹的。不然她還能在什麼地方下手呢！當時只有他們三人在，迪亞哥和希薇亞去了廚房拿咖啡和餅乾，不過就離開個幾分鐘。迪亞哥的咖啡已經泡好了，擺在桌上。娜塔莉雅飛快地把好不容易收集來的經血摻入咖啡中。經血的量非常少。娜塔莉雅平常總是用衛生棉或棉條，這次為了收集經血，還在自己下面塞了棉花。她用力擰濕答答的棉花，成功把經血裝進一個小小的香水試用瓶。噁心到了極點。她用水稍微稀釋了經血，但堅持說效果肯定一樣。她是從一本超心理學的書裡學來的：書上寫，這個方法不是很衛生，但可以束縛住所愛之人，萬無一失。

最終，經血咖啡並未奏效。迪亞哥飲下娜塔莉雅的經血的一週後，希薇亞親口公布他倆成了男女朋友、已經正式交往了。再下一次我們看見他倆的時候，他們一直親嘴親個不停。那個週末，大夥兒跟他們一起去了採石場水潭，他們全程手牽著手。我們無法理解。我們就是無法理解。我們有人穿著愛心圖案的紅色比基尼，有人的小腹平坦到不行，還穿著臍環；有人的髮型剪得絕美，一綹頭髮落在臉龐，雙腿連一根毛也沒有，腋下光滑得有如大理石。結果，迪亞哥還是偏愛希薇亞？為什麼？因為他常跟她打炮嗎？我們也想打炮呀！除此之外別無所求！難道我們坐在他膝上，屁股用力頂著他、假裝不小心偷摸他的老二時，他都沒注意到嗎？我們在他嘴邊哈哈大笑還對他露出舌頭，他也沒發覺嗎？我們為什麼不乾脆直接撲倒他就算了？我們每個人都一樣，不僅是娜塔莉雅的執念而已：我們都希望迪亞哥選擇我們。渾身因水潭冰冷的水而濕漉漉時，我們想要和他待在一起，讓他躺在湖灘上，輪番和他打炮，等待水潭地主開槍，然後在槍林彈雨之中半裸狂奔跑向公路。

但這一切並沒有發生。我們美美地坐在一邊，看著迪亞哥和扁屁股老太婆希薇亞熱吻。陽光毒辣，扁屁股希薇亞用的防曬乳很鳥，鼻子已經曬得脫皮了，有夠難看。反觀我們，完美無瑕。有那麼一瞬間，迪亞哥好似注意到了，看我們的眼神變得不一樣了，彷彿意識到他正在跟一個醜八怪賤貨交往。「我們要不要游去聖母那邊呢？」他說。聽到這句話，娜塔莉雅頓時臉色發白，因爲她不會游泳。我們會，但水潭水深、距離也長，我們不敢越過。這裡鳥不生蛋，要是溺水，沒人能救我們。迪亞哥看出我們的心思。「我跟小希一起慢慢游過去，妳們沿著潭邊，用走的跟上來，我們在那裡會合。我想要近距離看看那個祭壇。妳們要一起來嗎？」

聽到迪亞哥叫希薇亞「小希」，我們擔心了起來。即使如此，我們仍回答說要，當然要。先前我們感覺迪亞哥看我們的眼神不同了，搞不好是誤會，因爲我們恨不得眞是如此，反而搞得自己有些瘋瘋癲癲的。我們步行前進。要繞過水潭並不容易，坐在湖灘邊的時候，水潭看起來比較小，實則非常廣大，大概有三個街區那麼長。迪亞哥和希薇亞游在我們前方，我們看著兩顆黑色人頭時不時浮出水面，在陽光的照映下閃閃發亮，看著他們的手臂在水面上划出一道道波紋，滑溜溜的痕跡。他倆一度停下，我們在潭邊看見了。我們頭頂豔陽，渾身大汗淋漓，塵土黏在身上。天氣炎熱，強光刺眼，有些人頭疼起來。我們就像是走在一條上坡路上。我們看見他倆停了下來，正在聊天。希薇亞笑個不停，頭往後仰，手臂不斷划著水，以防下沉。水潭的距離太長了，他們的泳技沒那麼好，沒辦法一口氣游過去。然而，娜塔莉雅感覺那兩人不單是因爲疲累而停下，認定他們在密謀些什麼。「那個婊子想到什麼鬼主意了。」她說，接著繼續朝著聖母那兒走。唯有進到那個洞窟才看得見聖母。

我們轉向右邊，距離聖母洞窟最後五十公尺的時候，迪亞哥和希薇亞剛好游到了。他倆八成看到我們喘著粗氣的模樣。我們的腋下飄散出洋蔥的騷味，頭髮沾黏在太陽穴上。他倆仔細端詳我們，接著和先前暫停游泳時一樣哈哈大笑，然後再次跳入水中，全速游回湖灘岸邊。他們就這樣游走了。譏諷的大笑聲伴隨著跳水的撲通聲傳來。「女孩們！掰囉！」希薇亞得意地大喊，接著往回游。儘管天氣悶熱，我們仍有如結凍般驚愕地站在原處，眞是有夠奇怪的，像是被冰凍了一樣，同時又熱得要死。從來沒有那麼熱過。一股羞恥感油然而生，使得我們耳朵發燙。我們就看著他倆笑著游開。他們嘲笑我們是不會游泳的笨蛋，而我們則在心中罵罵咧咧的。距離聖母還有五十公尺，大夥兒飽受屈辱，已經沒有人想去看了。我們本來就都不想去看。大夥兒看著娜塔莉雅。她氣到就連眼淚也流不出來。我們跟她說必須往回走。她說不，說想看看那個聖母。大家累癱了，且剛被人羞辱一番，便席地而坐抽菸，在原地等她回來。

娜塔莉雅去了挺久，大概十五分鐘。說來也怪，難不成她在禱告嗎？我們並沒有問她，我們夠了解她，知道她生起氣來是什麼模樣。有次她一時勃然大怒，咬了我們其中一人一口，真的，張開血盆大口咬了下去，在那人手臂上留下一道咬痕，幾乎一個星期後才消退。娜塔莉雅回來找我們，要我們借她抽一口菸——她不喜歡抽完整根菸，然後往回走。大夥兒跟上她。我們看得見希薇亞和迪亞哥待在湖灘上，正在互相擦乾身體。我們聽不清楚他們在聊些什麼，但聽得見他們的笑聲。突然間希薇亞大喊著說：「女孩們，別生氣，只是開玩笑罷了！」

娜塔莉雅冷冷地轉過身。她渾身塵土，就連眼睛上也是。她死死地望著我們，上下打量，接著微微笑，開口說：

「那不是聖母。」

「什麼東西？」

「它上面蓋了一面白布，被藏了起來，但那不是聖母。是個紅色的女人，石膏做的，一絲不掛，乳頭黑黑的。」

我們頓時感到恐懼，問娜塔莉雅不然那是什麼人。她說她不知道，應該是類似巴西風格的東西。她還說她跟那玩意兒許了個願，說那東西身上的紅色漆得非常好，閃閃發亮，看起來像是壓克力，頭髮非常美麗，又黑又長，比希薇亞的頭髮還烏黑且絲滑。娜塔莉雅還說，她湊上前時，假聖母的那張白布就掉了下來，她根本連碰都沒有碰，彷彿它希望娜塔莉雅看清它的眞面目。然後娜塔莉雅就跟它許願了。

我們什麼話也沒說。有時候娜塔莉雅就是會搞這種瘋狂的事，比方把經血加入迪亞哥的咖啡。她之後就會想通了。

大夥兒的心情奇差無比，返抵湖灘。希薇亞和迪亞哥想方設法逗我們笑，但我們就是笑不出來。我們看著他倆心生內疚，接連道歉賠不是。他們承認這個玩笑很差勁，惡劣至極，說用意是要讓我們難堪，簡直就是欺人太甚，狗眼看人低。每次來水潭我們都會帶上一個小保冰桶。他們從桶中拿出一瓶冰涼的啤酒，迪亞哥用他的鑰匙開瓶器打開瓶蓋時，大夥兒聽見第一聲吠叫，聲音響亮、清晰有力，好似從非常近的位置傳來的。但希薇亞站起身，指向傳聞水潭地主會冒出來的那座小丘。小丘上有條黑狗。雖然迪亞哥口中冒出的第一句話是「那是一匹馬」。他話音剛落，黑狗便狂吠起來，吠聲塡滿了整個午後，我們敢說牠的叫聲甚至還讓潭水微微震動。那條狗有如小馬駒一般巨大，全身漆黑，看得出來牠正準備衝下山丘。然而，在場的不只有那條狗。方才的第一聲吠叫是自我們身後、湖灘的盡頭那兒傳來的。那兒，距離我們非常近的位置，有三條身型如小馬駒的巨犬正流著口水，來回踱步，喘著大氣，個個骨瘦如柴，看得見肋骨。這些並不是水潭地主養的狗，我們心想，而是公車司機曾提過的狗，既狂野又危險。

迪亞哥對著牠們「噓」了一聲，想要馴服牠們，希薇亞說「不可以讓牠們看出來我們嚇壞了」。此時娜塔莉雅怒火中燒，終於哭了起來，對著他倆大吼：「你們兩個自大的王八蛋！妳，扁屁股的賤人！你，白痴！牠們是我的狗！」

其中一條狗距離希薇亞只有五公尺。迪亞哥沒理睬娜塔莉雅，站到女友身前保護她，但此時他身後出現另外一條狗，另外兩條體型較小的狗邊吠邊奔下小丘。到頭來，水潭地主根本沒有現身。突然間，狗群咆哮起來，是因爲飢餓還是仇恨，我們無從得知。我們倒是知道、我們注意到——因爲再明顯不過了，狗群根本連看都不看我們一眼，根本沒看向我們之中的任何人，注意力沒放在我們身上，彷彿我們並不存在一樣，彷彿水潭邊就只有希薇亞和迪亞哥。娜塔莉雅穿上T恤和裙子，輕聲叫我們也穿上衣服，然後抓住我們的手，一路走到通往公路的鐵拱門入口。一到那兒，她便狂奔跑向三〇七號公車的站牌。我們緊追在她身後。我們想過找人幫忙，但最終什麼也沒說；我們想過折返回去，但也沒有人說出口。自公路那兒聽見希薇亞和迪亞哥的尖叫聲時，我們偷偷祈禱希望不會有車停下來，希望不會有人聽見他們的呼喊。我們年輕貌美，有時候會有人讓我們免費搭便車，載我們回市區。三〇七號公車抵達，我們氣定神閒地上車，以防啟人疑竇。公車司機問候我們，我們說很好，好極了，一切安好、一切安好。

推車

El carrito

這天下午，璜丘喝醉了，在人行道閒晃，四處找人麻煩。社區的居民已經不再被他的酒後失態嚇唬到了，甚至沒有人會感到不安，但他仍時常這麼做。這個週日如常。奧拉席歐正在街區中段洗車，他身穿短褲拖鞋，肚腩又綳又凸，胸毛發白，聽著收音機轉播球賽。陽光和煦，街角開雜貨店的加利西亞人*搬了兩張躺椅到外頭來，水壺擺在椅子間，喝著馬黛茶。對面，柯卡太太的孩子們在門口喝啤酒。一群女孩剛洗過澡，濃妝豔抹，站在瓦樂莉亞的車庫門前聊天。更早之前，老爸試著問候鄰居，等著閒聊幾句，但一如往常，垂頭喪氣且有些不悅地回到屋內。老爸是個好人，但就是不懂如何閒話家常，每逢週日下午他總說著一樣的話去找鄰居聊天。

老媽則時常隔著窗戶偷窺外頭。她嫌週日的節目無聊，卻也不想出門，總透過半開的百葉窗看著屋外，時不時要我們替她泡茶、拿餅乾或阿斯匹靈給她吃。我和哥哥週日通常待在家裡，如果老爸借我們車子，有些晚上我們會去市區兜兜風。

第一個看見他的人是老媽。他推著一台塞滿雜物的超市推車，沿著馬路中間，自圖尤蒂街的街角走了過來。他喝得比璜丘還醉，但仍有辦法推著那堆積如山的垃圾（空瓶、瓦楞紙板、電話簿）前進，踉踉蹌蹌地在奧拉席歐的汽車前方停下腳步。這日午後炎熱，但他身穿一件老舊的綠色套頭毛衣，年約六十來歲。他把推車擱在路邊，靠向奧拉錫歐的汽車，恰好站到我老媽看得最清楚那一側，然後脫下褲子。

老媽呼喊著我們過去。哥哥、老爸和我靠向窗邊，三人一起從百葉窗的縫隙往外看。老翁穿的是髒汙不堪的西裝褲，沒穿內褲。他在人行道上拉起屎來，一攤幾乎像是腹瀉的稀屎，源源不絕地狂瀉而出。那股惡臭飄到我們這兒，聞起來像是屎，也像是酒精。

「可憐的傢伙。」老媽說。

「真淒慘，一個人居然可以落到這番田地。」老爸說。

奧拉錫歐看得瞠目結舌，但看得出來就要發火了，他的頸子都紅了。他沒來得及反應，璜丘便奔跑著穿過馬路，一把將老翁推開。老翁來不及站起身，就連褲子也來不及穿上，摔倒在自己拉的屎灘上，沾得套頭毛衣和右手全是屎。他只嘟噥了一句「哎」。

「該死的流浪漢！」璜丘對他大吼，「操你他媽的流浪漢，你好大的膽子居然敢在我們的社區拉屎！你這個搞不清楚狀況的王八蛋！」

璜丘把老翁壓在地上踹。他穿著人字拖鞋，雙腳也沾到了老翁的屎。

「起來，我去你媽的，給我站起來！然後把奧拉席歐的人行道洗乾淨，休想在這鬧事。滾回去你的貧民窟，操你媽的狗娘養的！」

他繼續猛踹老翁的胸膛和後背。老翁爬不起身，好似不明白發生了什麼事，突然哭了起來。

「不至於這樣吧。」老爸說。

「他怎麼可以這樣羞辱那個可憐人。」老媽說。語畢，她站起身，逕自走向門口。我們跟上她。老媽來到人行道時，璜丘已經把老翁扶起來了。老翁哭哭啼啼的，不斷賠不是。璜丘試圖把奧拉席歐方才用來洗車的水管塞到老翁手中，要他把自己拉的屎沖洗乾淨。整個街區臭氣熏天，無人敢靠近。「璜丘，算了啦。」奧拉席歐說，但小小聲說。

老媽介入調解。人人都尊敬我老媽，尤其是璜丘，只要璜丘向老媽討錢，老媽常給他幾枚銅板去買酒。其他人敬重老媽，是因爲以爲她是醫生，總稱呼她爲醫師，但她其實是物理治療師。

「別逼他了。讓他離開就沒事了。我們再來清理。他喝醉了，不曉得自己在做什麼，你不應該揍他。」

老翁看了老媽一眼。老媽對他說：「先生，道個歉，然後就離開吧。」老翁嘟噥地說了些什麼，撒手放掉水管。他仍沒穿回褲子，想要拉走推車。

「該死的王八蛋，這次醫師饒你一條小命，但推車你休想帶走。你把這裡搞得髒兮兮的，就得付出代價，你這個在別人地盤撒野的混蛋，休想在我們的社區鬧事。」

老媽試著勸阻璜丘，但璜丘喝醉了，怒不可遏，像是個正義魔人般不斷大吼，雙眼黑黑紅紅的，跟他身上的短褲一樣顏色，看不見眼白。他站到推車前，不讓老翁推著推車離開。我害怕他倆又大打出手（應該說，害怕璜丘又動手揍人），但老翁好似清醒過來了，拉上褲子的拉鍊——褲子沒有鈕釦，再次沿著馬路中央離開，朝卡塔馬爾卡街的方向走去。大家看著老翁離開，開雜貨店的加利西亞人紛紛嘟噥地說「太扯了」，柯卡太太的孩子們捧腹大笑。瓦樂莉亞車庫門前的幾個女孩不太自在地笑著，另外一些人彷彿感到難爲情，只低著頭。奧拉錫歐低聲罵了幾句髒話。璜丘自推車上拿了一個瓶子，朝老翁扔了過去。瓶子自老翁很遠的位置掃過，沒打中，落在柏油路上，四分五裂。老翁被酒瓶的破裂聲嚇了一大跳，轉過身來吼了幾句什麼，完全聽不懂。我們不曉得他說的是其他語言（如果是的話，會是什麼語言呢？），或只是醉得口齒不清。瓚丘鬼吼鬼叫地追著他。然而，蛇行奔跑著逃離瓚丘前，老翁看了我老媽一眼。他神智清醒，點了兩下頭，還說了些什麼，目光掃過整個街區，接著便在街角消失了蹤影。瓚丘喝得太醉，追不上老翁，只能夠繼續鬼吼鬼叫了好一陣子。

我們進到屋內。左鄰右舍整個下午都將繼續談論這件事，接下來的一整個星期也是。奧拉錫歐用水管沖洗地面，嘴裡罵罵咧咧的。「死流浪漢、操他媽該死的流浪漢。」

「這個社區沒救了。」老媽說，然後關上百葉窗。

*

某人，可能是瓚丘本人，把推車推到圖尤蒂街的街角，停在去年過世的麗塔夫人的廢棄空屋前。幾天過後，就沒有人理睬那輛推車了。

起初人們還留意推車，是預期那個流浪漢（他若不是流浪漢，還會是什麼呢）

會回來帶走推車。但老翁沒有出現，沒人知道該拿他這些東西怎麼辦，就這樣扔著。一天，下雨了，濕透的瓦楞紙板解體，散發陣陣臭味。老翁拾來的破銅爛鐵之中還有其他東西在發臭，可能是腐敗的食物，那臭味實在教人倒胃，以至於沒人願意清理。只要閃得遠遠的，走在靠房屋的這一側，不去看，就沒事了。社區內總是瀰漫著各種臭味，比方人行道旁排水溝裡的綠色汙泥，或是馬坦薩河的臭氣。每當起風的時候，尤其是黃昏時分，河那兒飄來的味道特別刺鼻。

推車留在此地約莫十五來天後，一切開始了。搞不好早就開始了，但諸多倒楣小事慢慢累積起來，社區居民最終才意識到這一連串的事件很詭異。首先是奧拉錫歐。他在社區中心經營一間烤肉店，生意興隆。一天晚上，他在清點帳目時，幾個歹徒闖入店裡打劫，把錢全搶走了。這種事在市郊屢見不鮮。然而，同一天晚上，奧拉錫歐報完警（跟大多數搶案或其他案件一樣，報警根本沒用，因爲劫匪是蒙面闖入店裡的）去提款機領錢時，戶頭內竟連一毛錢也沒有。他撥了電話給銀行，大肆抱怨，還上門踹門發洩，恨不得掐死銀行員，又找分行經理理論，之後甚至找上區經理討公道。然而，問題在於奧拉錫歐的戶頭內根本沒有錢，早被人提領走了。他從晚上一路折騰到早上，累得不成人形。他最終只得拋售愛車，賣價比預期的還少。

柯卡太太的兩個孩子原本在大道上一間汽車修理廠工作，這會兒也失業了。事情來得突然，老闆甚至沒給他倆一個解釋。他們大飆髒話，臭罵了老闆一頓，最後被老闆掃地出門。雪上加霜的是，柯卡太太沒有收到退休金。兩個兒子找工作找了一週，接著就把存款揮霍在啤酒上。柯卡太太窩在床上，嘴裡不斷嚷嚷著想死。他們到哪都沒辦法賒帳，就連買公車票的錢也沒有。

開雜貨店的加利西亞人家也不得不把店鋪收了。遭遇不幸的人不只是柯卡太太的兒子或奧拉錫歐而已。突然間，不出幾天，街坊鄰居個個失去了一切。書報攤的商品無故消失，私家出租車司機的車遭人偷了。瑪莉那個水泥匠老公，家中唯一的支柱，從鷹架上不慎摔落，死了。女孩們必須轉學離開私立中學，因爲爸媽付不起學費：她們的牙醫老爸已經沒有病人上門了。開裁縫店的婦人也一樣。肉鋪電線短路，冰箱全燒壞了。

兩個月後，由於欠費未繳，社區內再也沒人有電話。三個月後，沒有人付得起電費，不得不偷接電。柯卡太太的兒子們當起扒手，其中一個不夠老練，被警察給逮了。另外一個打從某晚起就沒回家，搞不好被人殺了。私家出租車司機放手一搏，冒險徒步走向大道另一側。他說那裡的一切再好不過。甚至這一切開始的三個月後，大道另外一側的商家還讓人賒帳，但最終他們也沒辦法繼續這樣了。

奧拉錫歐把房子賣了。

人人用老舊的鎖頭替家門上鎖，沒人有錢購置警報器或更好的門鎖。家中的物品，比方電視機、收音機、音響、電腦，逐一消失。某些人三兩成群，用超市的購物車或單靠蠻力把家電搬出來。他們把東西全搬去大道另外一側的當鋪或二手商店。但另外一些居民組織起來，若有人敢拆他們的家門，他們會揮舞著菜刀或左輪手槍（若他們有的話）起身反抗。街角的蔬菜店老闆喬洛拿平常烤肉用的鐵棒把私家出租車司機打得頭破血流。起初，一群婦女組織起來，把冷凍庫內剩餘的食物分送給人們，但她們發現有些人謊稱沒有食物，藉此囤積，原本的好心好意也隨之煙消雲散。

柯卡太太吃了她的貓，然後自殺了。人們必須到大道上的社會福利服務中心去，請社工帶走她的屍體，替她免費下葬。社福中心有個職員詢問究竟發生了什麼事，居民把事發經過告訴他。接著，電視台的人跑來社區，拍攝這三個街區如何陷入貧困的厄運，他們尤其想知道，爲什麼住得比較遠的居民——舉例來說，那些住在四個街區之外的民衆——沒有碰上這樣的倒楣事。社工來到社區分送食物，卻只是挑起更多紛爭。五個月後，就連警方也不再涉足。有些人仍會跑去大道上的家電行看展示電視機，說新聞報導開口閉口都是在談論我們的事。然而，那些人很快就與世隔絕了，大道上的居民只要認出他們，就把他們趕走。

我說「那些人與世隔絕」，是因爲我們家不僅有電視、電力、瓦斯，還有電話。我們聲稱手上沒有這些東西，和其他人一樣深居簡出。若碰上某個人，我們會撒謊，說我們吃了家裡養的小狗，吃了種的花花草草。距離社區二十條街之外有家商店願意讓我哥哥迪亞哥賒帳。老媽還有辦法去上班，她跳過一片片屋頂，偷偷出門（這個社區的房屋都很矮，這麼做並不困難）。老爸從提款機領得到退休金。我們仍有網路可用，也能上網繳交水電費。我們沒有遭人上門打劫，或許是人們尊重醫師吧，或者尊重我們非常善心的行爲。

璜丘跑去一間很遠的超市行竊，偷了幾瓶酒，坐在人行道上以瓶就口，喝著喝著便鬼吼鬼叫起來，狂飆髒話。「都是那台該死的推車害的，那個臭流浪漢的推車！」他一連吼罵了好幾個鐘頭，在馬路上遊蕩，胡亂敲打門窗。「都是那台推車害的，那個糟老頭害的！必須去找他，走吧，你們這些該死的孬種，他對我們下了馬昆巴黑魔法了。」看得出來璜丘比其他人都餓，因爲他一直以來什麼都沒有，只靠著每日挨家挨戶摁門鈴討來的銅板過活（人們總會給他一些零錢，天曉得是出於恐懼還是憐憫）。這晚，璜丘放火燒了推車。居民隔著窗戶觀望熊熊烈火。璜丘的話不無道理。大家都想過是推車惹的禍，是推車內的某個玩意兒害的，那個老流浪漢自貧民窟帶來了具有傳染性的東西。

這天晚上，老爸要大家在飯廳集合，開家庭會議。他說我們必須離開，說人們將會發覺我們對這一切災禍免疫。他說隔壁鄰居瑪莉已經起了疑心。雖然我們封住門縫，下廚時小心不讓油煙或是香氣從門縫飄出去，但要掩蓋食物的氣味著實困難。老爸說我們的好運終將用盡，恐將無計可施。老媽同意他的看法，說有人看見她從屋後的屋頂跳出去上班。她並不是很確定，但感覺到許多窺視的目光。迪亞哥也是。他說有天午後拉起百葉窗，看見幾個鄰居拔腿快跑離開，也看見其他人盯著他，眼神之中帶著挑釁；他們不只是壞，更是瘋了。由於我們閉門不出，幾乎沒有人看見我們，但我們必須盡快離開，不然就演不下去了。我們看起來並不瘦，神情也不憔悴。我們嚇壞了，但恐懼看起來和絕望並不一樣。

我們聽著老爸說他那聽來不是很明智的計畫。老媽也提出她的，稍微好一點，但也沒什麼厲害的。我們最終接受了迪亞哥的提議：我哥總是比較能夠大事化小，比較能夠就事論事地思考。

大夥兒上床睡覺，但沒有人睡得著。左思右想良久之後，我敲了我哥的房門。他坐在地板上，膚色十分蒼白。好一陣子沒曬到太陽，我們每個人都一樣。我問他是否認爲璜丘說的話有道理。他點了個頭。

「老媽救了我們。妳看見那個老頭子離開前看老媽的眼神嗎？她救了我們。」

「直到現在。」我說。

「直到現在。」他說。

這晚，我們聞到肉燒焦的味道。老媽人在廚房；我們上前責罵她，說她發瘋了，這個時間居然在烤牛排，鄰居會發現的。然而，老媽站在流理檯旁，渾身直打哆嗦。

「那不是普通的肉。」她說。

我們把百葉窗撐開一條小縫，抬頭往上看，看見對面人家露台上飄來的煙，黑色的煙，聞起來不像是任何熟悉的煙味。

「該死的流浪漢，狗娘養的。」老媽說，接著哭了起來。

---

* 加利西亞（Galicia）爲西班牙之自治區，位於該國西北部，南邊與葡萄牙接壤。

水井

El aljibe

我被這黑暗的東西嚇壞了，
它就睡在我體內。
我整天都感覺到它輕柔如羽的翻動，它的憎惡。

——雪維亞．普拉絲，〈榆樹〉

荷塞芬娜清楚記得那趟旅程，記得那輛雷諾十二，記得車內的悶熱和擁擠，彷彿不過是幾天前的事，而不是她六歲那年的遠行。那天是耶誕節幾天後，一月的太陽毒辣，天氣悶熱得教人窒息。她爸爸開車，一路上幾乎不發一語；她媽媽坐在前座。荷塞芬娜坐在後座，夾在姊姊和外婆莉塔之間。外婆剝著橘子，車內充斥著過熟水果的氣味。他們一家人要去科連特斯省度假，拜訪舅舅和阿姨，但這只是遠行的目的之一。荷塞芬娜猜不到此趟眞正的用意。她記得大家都不怎麼說話；外婆和媽媽戴著墨鏡，唯有路過的卡車逼得太近，才會出聲警告，不然就是要她爸爸開慢一點。她倆神經緊繃，保持警惕，彷彿預期隨時會發生車禍一樣。

她們恐懼。她們總是感到恐懼。夏天，荷塞芬娜和姊姊瑪麗埃菈想要在充氣游泳池玩水時，莉塔外婆只會在池子內放個十公分的水，然後拉來一張椅子坐在院子的檸檬樹下，時刻監視她們濺起的每一片水花，以防寶貝孫女溺水的時候，能在第一時間上前救援。荷塞芬娜記得自己或姊姊輕微發燒時，媽媽便著急得哭出來，還會在大半夜打電話給醫生或叫救護車。若她們得了無關緊要的小感冒，媽媽會讓她們請假不去上課。媽媽從來不允許她們待在朋友家過夜，或在人行道上玩耍——偶爾讓她們去玩的時候，總看得見媽媽躲在窗簾後面，隔著窗戶監視她們的一舉一動。瑪麗埃菈有時候晚上會哭，說床底下有東西在動，只要關燈就睡不著。荷塞芬娜跟爸爸一樣，從來都不害怕什麼。直到那趟去科連特斯省的旅行為止。

她不太記得在舅舅和阿姨的家待了幾大，也不記得是否去過河畔大道或者步行區散步。然而，她清楚記得去了伊蓮娜夫人家。那天烏雲密佈，但天氣炎熱難耐。科連特斯地區暴風雨將至之前總是如此。爸爸沒有陪她們一起過去；伊蓮娜夫人的家離舅舅和阿姨的家很近，她們四人在克拉麗塔阿姨的陪伴下步行前往。人們不稱伊蓮娜夫人為巫婆，而是「女士」。她的家有個美麗的前院，植物種得有些多。幾乎在院子正中央的位置有一口漆成白色的水井。荷塞芬娜一看見水井便鬆開外婆的手，無視大家恐慌的制止聲，徑直朝著水井奔跑而去，想要把頭探入井內，仔細瞧瞧。家人們根本攔不住荷塞芬娜。她看見井底和深處的死水。

媽媽賞了荷塞芬娜一個耳光。要不是她早就被打慣了，當場一定哭出來。媽媽每次神經緊繃時揍她，最後總邊哭邊抱著她，說「我的小心肝、我的小心肝，要是妳出事了怎麼辦」。「會出什麼事？」荷塞芬娜心想，她根本沒想過要跳下去，也沒人會推她，她只是想看看井水會不會和故事裡的一樣，照映出她的臉孔。她的臉龐宛若一只有著金色頭髮的月亮，倒映在黑漆漆的井水上。

荷塞芬娜在女士家度過了愉快的午後。媽媽、外婆、姊姊坐在板凳上，放任她窺探堆在祭壇前的供品和小擺飾；同一時間，克拉麗塔阿姨則畢恭畢敬的，在院子裡抽菸等待。女士說著話，或者禱告，但荷塞芬娜回憶不起來任何奇怪的事，不記得她們吟唱了讚美詩，不記得房內煙霧繚繞，甚至不記得女士用雙手觸摸她的家人。女士只對著媽媽、外婆和姊姊輕聲說話，音量夠低，荷塞芬娜聽不見她說些什麼，但並不放在心上。她在祭壇上看到小嬰兒的毛絨鞋、幾束花、乾枯的枝葉、幾張彩色和黑白的相片、用紅色絲帶裝飾的十字架、聖人的聖卡、許多串念珠（有塑膠的、木頭的和鍍銀金屬的），以及她外婆平時祈禱的那個聖人的塑像。那尊塑像醜死了，叫作死亡聖人，是一具手持鐮刀的骷髏。死亡聖人的塑像有各種尺寸，材質各異，有些製作粗陋，有些雕得精細，眼球的部位像是兩個黑不見底的洞，笑裂了嘴。

過了一會兒後，荷塞芬娜感到無趣。女士見狀便對她說：「孩子，妳爲什麼不去扶手椅那兒躺躺呢？去吧。」荷塞芬娜聽話照辦，沒多久便坐著睡著了。她醒來時已經入夜，克拉麗塔阿姨等倦了，已先行離開，她們必須自己走路回去。荷塞芬娜記得離開前還試著再看一眼水井裡頭，但她不敢。屋外一片漆黑，水井的白色油漆和死亡聖人一樣閃閃發亮；那是她第一次感到恐懼。幾天後，一家人返回布宜諾斯艾利斯。回到家的第一天晚上，瑪麗埃菈關上床頭小燈後，荷塞芬娜輾轉難眠。

＊

瑪麗埃菈安穩地睡在對面的小床。現在，小燈擺在荷塞芬娜的床頭小几上。Hello Kitty 時鐘的螢光指針指向凌晨三點還是四點時，她才終於感到睏意。瑪麗埃菈抱著一個娃娃，荷塞芬娜看見娃娃的塑膠眼珠有如人類的雙眼，在幽暗中閃閃發亮。不然就是聽見某隻公雞在大半夜裡啼叫。她記得（不過，是誰告訴她的？）凌晨時分的雞啼是某人即將死去的信號。那人應該是她自己吧，因此她量了量自己的脈搏。她看著媽媽有樣學樣，姊妹倆發燒時，媽媽總是時刻檢查她們的心跳。若她的脈搏跳得太快，她會感到十分害怕，甚至不敢叫爸媽救她。如果脈搏速度緩慢，她會按著胸檢查心臟，確保心臟不會停止跳動。有時候她會專注地看著分針，計算心跳的次數，算著算著就進入夢鄉。一天晚上，她發現天花板上有一片灰漿的汙漬（某次修繕漏水補上的）恰好落在她的床鋪上方，汙漬的形狀像是一張有角的臉孔，魔鬼的臉。她把這件事告訴瑪麗埃菈，瑪麗埃菈聽了以後笑個不停，說汙漬就跟雲一樣，只要盯著看太久，就會看見各種不同的形狀，說她根本沒看見什麼魔鬼，反倒像是一隻兩腳站立的小鳥。另外一天晚上，荷塞芬娜聽見一匹馬或驢子的嘶鳴……她心想那一定是騾子精，雙手頓時飆汗。騾子精是死去女人的靈魂幻化的，沒辦法停下腳步歇息，時常在夜裡四處奔走。荷塞芬娜把這件事告訴爸爸。爸爸親吻她的頭，說這些故事全是無稽之談。這天下午，荷塞芬娜聽見爸爸對媽媽大吼著說：「叫妳老媽別再跟她說那些有的沒有的！我不希望她滿腦都是妳老媽的那些鬼話，該死的老太婆，既愚昧又迷信！」外婆否認曾跟荷塞芬娜說過什麼故事，而且她此話不假。荷塞芬娜不曉得自己是從哪兒聽來的，但她感覺自己「就是知道」，就好比知道把手伸向點燃的爐灶必定會燙傷一樣，或者曉得秋夜轉涼，必須在T恤外套一件小外套。

數年後，荷塞芬娜已看過許多心理諮商師。她坐在其中一位面前，嘗試解釋並合理化她的每一個恐懼：瑪麗埃菈對於灰漿汙漬的說法可能沒錯；搞不好她曾聽外婆說過那些故事，因爲那些故事是科連特斯省地方傳說的一部分；搞不好某個鄰居有座雞舍；搞不好那頭騾子是住在街角的廢品商人養的。然而，她並不相信這些說法。她媽媽也常去看心理諮商師，常說她和外婆很「焦慮」且「恐懼」，說她們肯定把這些恐懼傳染給荷塞芬娜了；但她們正在慢慢好轉，瑪麗埃菈夜裡也不再感到害怕了，因此「小荷」的事只是時間早晚的問題。

但這個「時間早晚」轉眼間過了好幾年。荷塞芬娜討厭爸爸，因爲有一天爸爸離開了，把她獨自留在那些女人身邊。現在，躲在家裡頭那麼多年後，那些女人計畫著假期和週末出遊，而她每次一到家門邊就頭暈目眩；她討厭必須輟學，討厭媽媽每年年末陪她參加考試；她討厭唯一來家裡玩的都是瑪麗埃菈的朋友，討厭他們低聲議論「小荷的事」，尤其討厭關在自己的房間內讀上好幾天的書。那些故事會在夜裡變成噩夢。她讀到阿娜頤和雞冠刺桐的故事，結果夢裡時常出現一個渾身上下包覆在火焰中的女人；她讀到關於林鴞的書，現在睡前總會聽見鳥鳴，那鳥實際上是個死去的女孩，在她的窗邊哭泣。她沒辦法去拉博卡區，因爲她覺得有許多屍體沉沒至黑壓壓的馬坦薩河水面下，只要她靠近岸邊，那些屍體肯定試著爬上岸。睡覺時，她從來不把腿露出棉被外，因爲她感覺會有隻冷冰冰的手磨蹭她的腿。媽媽必須外出時，會把荷塞芬娜留給莉塔外婆照顧；若媽媽晚歸半小時以上，荷塞芬娜會嘔吐，因爲遲到只可能意謂著媽媽出車禍死了。她總是快跑經過外公的遺照前（她從來沒見過外公），因爲她感覺得到遺照上那雙漆黑的眼睛正盯著她。她從不靠近擺有媽媽的舊鋼琴的房間，因爲她「知道」無人彈奏時，魔鬼會跑去彈琴。

＊

荷塞芬娜坐在扶手椅上——她的頭髮十分油膩，好似總是濕的——看著她錯過的世界自眼前閃過。她甚至沒參加瑪麗埃菈的十五歲慶生派對。她曉得瑪麗埃菈會感激她缺席的。她一再更換精神科醫師已經好一陣子，服用某些藥物讓她能夠返回校園，但她最終也只讀到三年級。那年，她發現雖然同學們在學校走廊上討論要開派對或是買醉，嘰嘰喳喳的，但她仍聽得見其他人說話的聲音；上廁所時，她曾看見一雙赤裸的腳在磁磚上行走，有個女同學說那應該是數年前在旗桿上吊自殺的修女。媽媽、校長和輔導老師都說學校裡從來沒有修女自殺過，但就是沒辦法說服她。荷塞芬娜已經開始作耶穌聖心的噩夢了，夢見耶穌基督被剖開的胸膛，在她的夢境中淌淌流著血，沾濕她的臉孔。她夢見拉撒路，渾身蒼白無血色且腐爛，正自石堆中的一座墳墓爬起身。她夢見一些天使想要強姦她。

因此，荷塞芬娜待在家裡，每年年末拿著醫師開立的證明書，回去學校考試。於此同時，瑪麗埃菈時常玩到凌晨才搭別人的車回家。汽車在門前煞車，狂歡夜尾聲男孩子的呼喊聲不絕於耳。荷塞芬娜根本無法想像那些夜晚有多刺激。就連瑪麗埃菈被媽媽扯開嗓門臭罵時（電話費帳單貴得不得了），荷塞芬娜也感到嫉妒；要是她也有對象可以打電話聊天就好了。團體治療對她來說一點用也沒有，療程上盡是一些眞的有心理問題的男生女生，父母疏於照顧，或者童年曾在暴力的陰影下長大，開口閉口都是毒品、性愛、厭食症或者失戀。然而，她依舊繼續參加，每次都是搭計程車往返。計程車司機得要是同一位，在門口等待她結束，因爲她若獨自一人待在大街上，會感到頭暈目眩，心跳加速，呼吸困難。打從那趟去科連特斯的旅行之後，她就沒搭過公車，唯一搭乘地鐵的那一次她放聲尖叫，叫到嗓子都啞了，媽媽不得不在下一站下車。那回兒，媽媽用力搖晃她，把她拖上樓梯，但她並不在意，因爲她無論如何都必須離開那個封閉的空間，離開那些噪音和那個蜿蜒的黑暗。

＊

新的藥片是天藍色的，還在實驗階段，閃閃發亮，彷彿剛從實驗室出爐一樣，很容易吞嚥。不出一會兒時間，人行道在荷塞芬娜眼中看起來就不像是地雷區了；新的藥片甚至讓她安穩入眠，不記得任何夢的內容。某天晚上關上床頭小燈後，她並不感覺被單有如墳墓般逐漸冰冷。她依舊感到恐懼，但獨自去書報攤時已不會感覺自己必死在半路上了。瑪麗埃菈好似比荷塞芬娜本人更加欣喜，提議一起出去喝杯咖啡，而她也大膽接受。當然，往返都是搭計程車。這天下午她能夠和姊姊聊天，從來沒像這般暢所欲言過，令她自己感到意外的是，她竟然打算去看電影（瑪麗埃菈答應，若有必要，可以中途離開電影院）。她甚至坦白說，如果教室內的人不是太多，若她可以坐在距離門窗很近的位置，那麼她也許會想上大學念書。瑪麗埃菈大剌剌地擁抱荷塞芬娜，絲毫不感到難爲情，抱住她的時候，不小心把咖啡杯撥倒在地，杯子恰好從中裂成兩半。服務生笑咪咪地收拾杯子碎片，當然囉，瑪麗埃菈長得那麼漂亮，幾綹金色髮絲落在臉蛋上，一對豐唇總是水滴滴的，眼睛稍微畫了黑色眼線，任何人凝視她虹膜中的綠色色澤，都會被她迷得神魂顛倒。

姊妹倆出門喝了好幾次咖啡——去電影院的事一直沒辦法敲定。一天下午，瑪麗埃菈帶了許多荷塞芬娜可能喜歡的學科課綱給她，有人類學、社會學、文學。她看似憂愁，但已經不像頭幾次兩人一起出門時那般神經質了。那幾次出門蹓躂，瑪麗埃菈總得準備好隨時緊急叫一輛計程車，或是在最糟的情況下叫救護車，載荷塞芬娜回家或送去醫院急診室。她把金色長髮撥到耳後，點燃香菸。

「小荷，」她對荷塞芬娜說，「我有件事要告訴妳。」

「什麼？」

「妳記得我們去科連特斯旅行的事嗎？那年妳差不多六歲，我八歲……」

「記得。」

「嗯，妳記得我們去見了一位巫婆嗎？老媽和外婆也去了，一起去那裡接受治療，因爲她們跟妳一樣，無時無刻不感到害怕。」

荷塞芬娜全神貫注地聽著姊姊說話。她的心臟跳得飛快，但她深呼吸一口，在褲子上擦了擦手汗，試著依照精神科醫師建議的方式（「恐懼浮現時，把注意力放在其他事物上，什麼都好，注意看看妳身旁的人在讀什麼，讀讀廣告看板上的字，或者數數看有幾輛紅色汽車從馬路上經過」），專心聽姊姊說話。

「我記得巫婆說，如果她們又發生一樣的事，可以再回去找她。既然妳現在狀況比較好了，也許妳可以去見那個巫婆。我知道這聽起來很瘋狂，簡直就像滿口鄉巴佬胡話的外婆，但她們倆最後沒事了，不是嗎？」

「小瑪，我沒辦法出遠門，妳曉得我辦不到。」

「如果我陪妳去呢？說眞的，我陪妳。我們好好計畫一下吧。」

「我不敢。我辦不到。」

「好吧，總之，若妳鼓起勇氣的話，好好考慮一下吧。我可以幫妳，我說眞的。」

＊

荷塞芬娜嘗試出門去大學註冊的那天上午，她發現自己無法跨越家門到計程車之間的這段距離。一腳都還沒踏出門外，膝蓋便直打哆嗦，哭個不停。打從好幾天前，她便注意到一股裏足不前的感覺，甚至感覺到藥片效果的反撲。她又感覺肺部無法吸飽氣了，或者應該說，她又著魔般注意起每次吸氣的動作，彷彿必須監控吸入的空氣，才得以好好呼吸，彷彿她正在對自己進行口對口人工呼吸，好維持自己的性命。房間內的物品稍有微小挪動，她便感到渾身癱瘓。她又必須點亮床頭小燈，不只是小燈，也必須打開電視機和天花板上的燈才睡得著，因爲她連一片暗影也無法忍受。她等著每一個症狀浮現，她認得自己的症狀，但她第一次感覺無奈和絕望之下還有個什麼。她感到憤怒，也感到筋疲力竭，但不想回到床上去試著控制發抖和心搏過速的症狀，也不想穿著睡衣爬上扶手椅，在那兒思考自己的餘生，思考一個住在精神病院或療養院的未來，因爲她這麼怕死，根本下不了手自殺！

然而，荷塞芬娜不由得想起科連特斯那趟旅行和那位女士，想著在那之前，家人過著怎麼樣的人生。她想起外婆因爲害怕閃電、害怕打雷，甚至害怕下雨，常常蹲在床邊哭泣，祈禱暴風雨快快停止。她想起每次街道淹水，媽媽總瞪大眼睛望著窗外，想起媽媽總尖叫著說如果大水再不退去，那麼大家都要淹死了。她想起瑪麗埃菈從來不想跟鄰居的小孩一起玩，甚至人家都找上門了，她也不理。她總抱著她的娃娃，彷彿害怕娃娃被人搶走一樣。她想起爸爸每週載媽媽去看一次精神科醫師，想起媽媽回家時總是半夢半醒的，直接上床倒頭就睡。她甚至想起卡門太太。外婆不想出門——荷塞芬娜現在知道外婆其實是「沒辦法」出門，卡門太太則負責替外婆跑腿辦事、提領退休金。卡門太太過世已經十年了，比外婆早個兩年離開人世。去科連特斯的那趟旅行後，卡門太太上門拜訪外婆，只爲了一起喝茶，外婆不再閉門不出，所有的恐懼都結束了。對她們而言結束了。因爲，對荷塞芬娜而言，一切才剛開始。

在科連特斯那時發生了什麼事情？那位女士忘記「治癒」她了嗎？但荷塞芬娜又不感到害怕，沒什麼好治癒的。然而，當時，不久後她便有了和媽媽外婆一樣的問題。爲什麼她們沒有帶她回去見那位女士？因爲她們不愛她嗎？要是瑪麗埃菈搞錯了呢？荷塞芬娜明白這份怒氣可用，若她不緊抓著心中的怒火，讓怒火帶著她登上長途巴士、去到那位女士那兒，那麼她將永遠無法走出這個困境，就算這麼做會丟了小命，也值得一試。

一天凌晨，她徹夜未眠，等著瑪麗埃菈回家，並替她沖了杯咖啡，讓她提神。

「小瑪，走吧。我想去。」

「去哪？」

荷塞芬娜一度害怕姊姊會臨時打退堂鼓，撤回當初的提議，但她發覺瑪麗埃菈只是喝得挺醉的，不懂她在說些什麼。

「去科連特斯，去見那個巫婆。」

瑪麗埃菈瞬間整個人清醒過來。

「妳確定嗎？」

「我想好了。我就吃很多藥，一路上睡過去。要是我感覺不舒服……妳就再多給我吃幾片。那些藥沒什麼效果，反正我最多就是睡死而已。」

*

荷塞芬娜幾乎在睡夢中上了巴士；她和姊姊坐在長凳上等車，頭靠在包包上打呼。她配著七喜汽水，一口吞下五粒藥片，看得瑪麗埃菈都嚇壞了，但她沒多說什麼。荷塞芬娜的方法奏效了，她一路睡到科連特斯終點站才醒，滿嘴散發出一股酸味，頭痛欲裂。搭計程車前往舅舅和阿姨家的路上，瑪麗埃菈全程抱著她。荷塞芬娜磨牙磨個不停，試著不要把牙齒咬裂了。她直接走進克拉麗塔阿姨的房間——阿姨正在等待她倆抵達，不吃不喝，也不讓其他親戚看看她。她的嘴巴張不太開，上下顎發疼，勉強能夠吞藥。她忘不了自己告訴媽媽說要去找那個巫婆時，媽媽眼中閃過的憎恨和恐慌，也忘不了媽媽用得意洋洋的口吻對她說：「妳知道找她是沒有用的。」瑪麗埃菈大吼罵了媽媽一句「狗娘養的臭婊子」，不願聽她做任何解釋。她和荷塞芬娜反鎖關在房間內，徹夜未眠，不發一語，靜靜地抽著菸，爲科連特斯的炎熱天氣挑選涼爽的T恤和褲子。兩人出門前往巴士站時，荷塞芬娜已經服藥過量了，但神智頗爲清醒，還注意得到媽媽沒有離開房間和她倆道別。

克拉麗塔阿姨告訴她倆，女士依舊住在同一個地方，但年事已高，已經不見人了。瑪麗埃菈堅持要去：她倆千里迢迢來到科連特斯，就爲了跟那位女士見上一面，除非女士接見，否則她們不打算離開。克拉麗塔阿姨的雙眼流露出和媽媽眼中一樣的恐懼。荷塞芬娜注意到了。她也意識到克拉麗塔阿姨不打算陪她倆去見那位女士，因此她緊緊抓住瑪麗埃菈的手臂，阻止她繼續破口大罵（「他媽的妳是怎麼了？妳爲什麼也不想幫她？妳沒看見她成了什麼模樣嗎？」）並在她耳邊對她說：「我們自己去吧。」阿姨家距離女士家三個街區，但荷塞芬娜覺得有好幾公里那麼遠。路上，她心裡想著姊姊的那句「妳沒看見她成了什麼模樣嗎」，想著想著生氣起來。要是落髮不嚴重的話、要是額頭上沒有東禿一塊西禿一塊而露出頭皮的話，那她也會是個美女；要是她有能力至少在街區散步，那她也會有一雙健碩的長腿；要是她有目的和對象的話，那她也能學會化妝；要是她沒有咬指甲咬到手指坑坑疤疤的，那她也會有一雙美麗的手；要是更常曬太陽的話，她的肌膚也會和瑪麗埃菈一樣金黃。而且，要是睡得著覺，或者要是能夠透過電視或網路以外的東西消遣時間，那她也不會眼睛成天發紅，不會有黑眼圈了。

瑪麗埃菈必須在女士家的院子裡拍手，女士才會來開門，女士家沒有門鈴。荷塞芬娜看了看花園。花園乏人打理，玫瑰花熱蔫了，白百合癱軟下垂，四處長滿高度驚人的芸香草。荷塞芬娜找到那口水井。水井幾乎隱沒在草堆裡，白色油漆嚴重剝落，露出底下的紅磚。終於，女士在門口現身。

女士隨即認出姊妹倆，要她們進到屋內，彷彿正在等待她倆到來一樣。祭壇依舊完好如初，但上頭的供品多了三倍，還多了一尊巨大的死亡聖人的塑像，尺寸和教堂內的耶穌十字架受難像一樣大；塑像眼窩內有兩盞閃爍的小燈，想必是從某個耶誕節裝飾花環上拆過來的。女士想讓荷塞芬娜在幾乎二十年前沉睡的同一張扶手椅坐下，但她必須先跑去拿個水桶，因爲荷塞芬娜的胃痙攣了。她嘔吐出腸液，感覺心臟堵在咽喉上。

女士一手按住她的額頭：「深呼吸，孩子，吸氣。」

荷塞芬娜聽命照辦，數年來第一次重新感覺到肺部吸飽了氣的解脫感，感覺肺自由了，不再困在肋骨後方了。她想要哭，想要謝謝女士，她確信女士正在治癒她。然而，試著咬緊牙關露出微笑、抬起頭看向女士的雙眼時，她在女士臉上看見的是遺憾和後悔。

「孩子呀，我無能爲力。妳當年被帶來這裡的時候，一切就已塵埃落定。我得把祂丟進水井。我曉得聖人們是不會原諒我的，曉得阿妮亞會帶妳回來。」

荷塞芬娜搖搖頭。她感覺很好呀，女士的這番話是什麼意思？她眞的跟克拉麗塔阿姨說的一樣，又老又瘋了嗎？但女士嘆了一口氣，起身走向祭壇，拿了一張舊相片回來。荷塞芬娜認出那張相片：上頭是媽媽和外婆，坐在一張沙發的兩端，瑪麗埃菈在她倆中間靠右的位置。荷塞芬娜本應在中間靠左的位置，但相片上空空如也。

「我爲她們感到難過，難受極了。她們三人都有邪念附身，害怕得全身雞皮疙瘩，受了好幾年的傷害。看見她們，我嚇得魂不附體，頻頻乾嘔。我沒辦法驅逐她們體內的邪靈。」

「什麼邪靈？」

「古老的邪靈，孩子呀，無法言述的邪靈。」女士畫了個十字。「就連聖光光輝的耶穌基督也無法對付。祂很古老。妳的媽媽和外婆飽受攻擊，但妳，孩子呀，妳並沒有。我不曉得爲什麼。」

「她們被什麼攻擊？」

「被邪靈攻擊！無法言述的邪靈。」女士伸出手指作勢要求荷塞芬娜閉嘴，接著閉上雙眼。「我沒辦法把腐爛之物從她們體內取出來，然後塞進我體內，因爲我沒有這種力量。沒有任何人有這種力量。我無法流動祂，我無法淨化祂，我只能把祂們傳到別人身上，而且我把祂們傳出去了。孩子呀，妳在這裡睡覺的時候，我把祂們傳到妳身上了。死亡聖人說祂不會怎麼攻擊妳，因爲妳很純潔。但死亡聖人欺騙了我，不然就是我誤會了祂的意思。她們想要把邪靈傳到妳身上，還說她們會照顧妳。但她們才沒有照顧妳。我必須把祂扔掉，那張相片，我扔進了水井。但邪靈沒辦法被取出來，我從來都無法把祂們從妳身上取出來，因爲邪靈寄宿在水裡那張相片的妳身上，而且相片大概早就爛掉了。祂們留在相片上的妳身上，黏在妳身上。」

女士用雙手摀住臉。荷塞芬娜彷彿看到瑪麗埃菈哭了，但並不理睬，試著理解女士的話。

「孩子呀，妳媽媽和外婆只想要拯救她們自己。還有她。」女士指著瑪麗埃菈。「當年她只是個小女孩，但心眼已經很壞了。」

荷塞芬娜屏住肺裡的空氣。她的雙腿又有力氣使勁了。她站起身。這不會持續很久的，她確定，但拜託這力氣必須足夠，必須夠她跑到水井、跳進井內的雨水中。水井深不見底，她便能夠和那張相片及背叛一起溺死其中。女士和瑪麗埃菈沒有追來。她使出渾身解數奔跑，跑到水井邊，濕答答的雙手滑了一下，膝蓋發僵。她辦不到，她爬不上去，只勉強看見自己倒映在水中的臉龐，接著跌坐在蔓生的草堆中，哭泣，哭得喘不過氣來，因爲她害怕跳下去，非常非常害怕。

悲傷大道

Rambla Triste

城市運用智慧，背恩忘義，
展開復仇。

——馬努爾・德爾嘉多

可能是感冒鼻塞的緣故，害她的嗅覺失真。每次搭飛機，她都難免染上某種病毒。一定是這樣沒錯，但擤完鼻子、再度吸入空氣，那氣味聞起來卻更加糟糕。她記憶中的巴塞隆納沒有這麼骯髒，至少在五年多前、她第一次來此地旅行的時候，並未注意到。一定是感冒的緣故，也許是積塞的鼻涕的臭味；她走了好幾個街區，一路上什麼都沒聞到，突然間那臭味迎面襲來，害她劇烈反胃。聞起來跟公路邊死去的野狗正在腐敗所發出的氣味一樣，像是忘在冰箱內的過期肉品變成紅酒那樣紅紅紫紫時的那股腐爛味。那氣味隱藏在某處，一陣陣地襲來。巴塞隆納有著最美麗的街道，風景如畫，衣服晾掛在陽台和陽台之間，遮掩了天空，這會兒全被臭味給毀了。那臭味甚至傳到蘭布拉大道。索菲亞仔細觀察觀光客，看看人們是否跟她一樣皺著鼻子，但她並沒見著任何人感到噁心。也許這全是她的想像吧，因爲她不再喜歡這座城市了。從前她覺得狹窄的小巷很浪漫，現在她感到害怕；去酒吧也不好玩了，令她想起布宜諾斯艾利斯的酒館，充斥著醉漢，不是鬼吼鬼叫的，就是說些蠢話搭訕；之前她覺得這兒的炎熱天氣具有地中海風情，既乾燥且宜人，現在則熱得她喘不過氣來。但她不想跟朋友們談論這些改變，她不想表現出一副典型布宜諾斯艾利斯觀光客的模樣，不想以高高在上的傲慢姿態，指出這座如樂園般的城市的諸多缺點。

她只想要離開。

也許是因爲那少女的緣故吧。

五年前，埃斯庫德勒街上滿滿都是毒蟲，從街口直到街尾，一個個倒臥在人行道上，倒臥在自己骯髒的衣物上。現在看不到毒蟲了，想必全被警方驅逐了。警方開處違規通知單和罰單，灑水車徹夜清潔市容，沿街灑水，四處濕答答的，就連做些不傷風敗俗的事，比方喝瓶啤酒或者吃個卡巴串燒，也沒有地方坐。街道只供通行，人們要不就是一直走，要不就是鑽進一旁的酒吧。她沿著拉巴爾區一條熟悉的路線走，迴避令人不安的羅巴多爾街——陰暗的羅巴多爾街據傳滿是扒手，恰好印證了帶有「小偷」意味的街名，而且無人膽敢置疑傳聞的眞僞——來到更爲寬敞明亮的巴爾貝拉侯爵街。一名少女行走於前方，步伐有些不穩，牛仔褲拉得太低，臀部的部位太緊，短袖T恤下的臃腫小腹凸了出來，看起來像是一團滿佈擴張紋的白花花贅肉。明明穿件寬鬆長版T恤就能輕易遮掩，但少女八成不在意外貌。街道上只有她倆；時間很早，不過晚上八點鐘，但街道出奇地空蕩，就連住在網咖旁青年旅社的觀光客也沒上街。

突然間，少女轉過身來，直直望著索菲亞的雙眼，接著說：「我不行了。」少女操著一口濃厚的加泰隆尼亞口音，但西班牙語說得很清楚。話音剛落，她隨即脫下褲子，在人行道上拉起屎來，唏哩嘩拉地腹瀉噴屎，拉得她疼痛不堪，腸子擰絞痙攣，整張臉皺成一團。之後少女倒了下去，一頭撞在牆上，昏了過去，只差個幾公分就倒在自己拉的屎灘中。

索菲亞試著扶少女起身，問她住在哪裡，有沒電話聯絡誰來接她，問她怎麼了、吃了什麼東西。少女只是瞪著驚恐的雙眼望著她，說不出話來。臭味已非索菲亞腦海中的想像，她強忍胃痙攣的不適，忍得淚眼盈眶。十分鐘後來了兩名警察要帶走少女，索菲亞留了下來，回答警方的問題，確保他們善待少女。但她沒有等到有人來清理街道。她點燃一根香菸，消除屎味，接著幾乎用跑的來到拉瑟拉街，來到胡莉葉塔的公寓。在巴塞隆納的這十天，她將在這兒落腳。她手上有公寓的鑰匙，開了門，見到大樓入口正在整修——幾個月前，由於門鎖故障，幾個流浪漢闖進公寓睡覺，爲了生火禦寒，卻失控釀成火災。所幸大火發生的當下，胡莉葉塔人並不在公寓，但她也曾因爲用火碰上其他麻煩事。不過一年前，大冬天的時候，胡莉葉塔一氧化碳中毒住院，因爲公寓的熱水器沒有對外的排氣口。

胡莉葉塔住的地方算不上是公寓，而是充作住宅出租的辦公室，沒有浴室，廁所和共用的洗手檯在房間外頭的走廊。然而，以巴塞隆納的標準來說，她的公寓算挺大的，且租金低廉，由於是「頂加」，甚至配有露台，夏天時眞是棒極了。索菲亞不曉得胡莉葉塔來到西班牙是爲了追尋什麼，可能就連胡莉葉塔自己也不清楚。她在這裡已經待了八年，接案製作動畫短片和影片，無聊時，就去參加罷工。她常常感到無聊。

索菲亞抵達時，胡莉葉塔正在做沙拉。一踏上歐洲大陸，胡莉葉塔便成了素食者。她之所以這麼做有諸多理由，其中之一是因爲她落腳的第一站是一棟遭人強占的空屋，在那兒，吃肉被視爲彌天大罪。起初，胡莉葉塔懷著革命般的熱情，接納了那群新朋友的素食主義。後來她幻想破滅，與他們分道揚鑣，背棄了所有占屋的生活模式，除了飲食。索菲亞並不介意和東道主一起吃素，此外，只要她想，她隨時能夠下樓買份美味的雞肉或烤肉口味的沙威瑪。

索菲亞在紅色沙發上坐下——晚上一攤開，就是沙發床。她告訴胡莉葉塔稍早遇見的那個腹瀉少女。胡莉葉塔攪拌沙拉，說這種事在巴塞隆納見怪不怪。

「這裡是全西班牙最多神經病的地方。馬德里沒有那麼多瘋子，薩拉戈薩就更少了；我哥哥說塞維亞那兒也沒那麼多。就只有這裡，我不懂，這裡滿是四處遊蕩的瘋子。」

胡莉葉塔盛了兩盤沙拉，在餐桌就座，接著說這些瘋子出沒的時間是有季節性的。舉例來說，有個女人叫作「千髮夾之女」，只會在夏天現身，她滿頭都是飾物，幾乎看不見頭髮。還有個「髒辮狂人」，大概五十來歲，只會在假日、耶誕節前後出現，老是拿棍棒敲打商店打烊後的鐵捲門。胡莉葉塔說那敲擊聲不堪入耳，好似槍聲，有時觀光客會嚇得拔腿逃離現場。她倒是早已習以爲常，但第一次看見髒辮狂人時，她還以爲對方會過來攻擊她，因爲髒辮狂人不只用棍棒東敲西打，還鬼吼鬼叫的。「這邊街角還有個老頭出沒，」胡莉葉塔對索菲亞說，「妳很快就會見到他的。他下午和上午輪流出現，來回走個五十公尺，有時邊走邊吼叫，有時邊走邊低聲發牢騷，總是比手畫腳的，彷彿想說服某個看不見的人某件非常重要的事。」胡莉葉塔有一套理論，認爲老頭的家人無法忍受他在公寓內發牢騷——如果他們的公寓在同一個街區的話，空間應該很小，因此他們每天都把老頭放到屋外，讓他散步。怪就怪在胡莉葉塔從來沒見過老頭從哪一扇門走出來。她得多注意他，也許得自對街的人行道等待老頭現身，看看他家到底是哪間，好藉此擺脫瘋老頭帶來的詭異不安。不光只是這個瘋老頭，而是全巴塞隆納聚集在拉巴爾區的瘋子。

「那就像是……我接下來說的聽起來就像是胡說八道，不過，嗯，有時候我眞認爲那些瘋子不是人、不是眞的人，可能像是這座城市的癲狂的化身，像是逸氣閥。若少了他們，我們會互相殘殺，或者搞不好壓力過大而死，要不就是追著警察打，他們那些狗娘養的王八蛋，竟然不讓人在博物館的階梯或者天使廣場席地而坐……妳注意到了嗎？他們那些王八蛋四處突襲臨檢，還說坐在人行道上喝啤酒是『不文明』的行爲。」

「不久前開始的！」陽台傳來一聲呼喊。

是丹尼爾，胡莉葉塔的男朋友，他也是阿根廷人，但已在巴塞隆納定居了十二年。索菲亞沒發覺丹尼爾也在家中。丹尼爾進到屋內，在褲子上擦了擦手，謾罵起來，說他剛來到巴塞隆納的時候，這座城市宛如天堂。「成天開趴，亂七八糟的，姑且這麼說吧，但很酷。現在儼然成了警察城市。」

「妳聽看看這篇狗屁報導都在說些什麼。」丹尼爾說，在一疊報紙中翻找，找出《先鋒報》。索菲亞注意到這兩人想方設法不用「西班牙的方式」說西班牙語。他倆說「公寓」時，用的字是「departamento」，而不是「piso」；若某件事很難搞，他們不會說它很「chungo」，若某個東西很鳥，他們也不會說「mal rollo」這個詞；形容某件事很混亂，他們也不會混用「mogollón」這個字眼。索菲亞記得先前第一次造訪巴塞隆納時，覺得這對情侶開口閉口都是「guapa」和「venga」，實在很好笑。現在他倆好似抹除了所有西班牙當地的慣用語，除了有些字會說溜嘴。他們肯定是在刻意勉強自己；這是一種阿根廷式的基本教義，一種思鄉和真心感到不自在的揉合之物。

「找到了。」丹尼爾得意洋洋地說，在椅子上坐下，讀了起來：

隨著好天氣的到來，天使廣場還原了巴塞隆納兩年前的夏日景象。兩年前，巴塞隆納活在「不文明」的汙點之下。晚間九點鐘起，數以百計的酒瓶占據巴塞隆納當代藝術博物館的斜坡和階梯，於此同時，流動攤販在該區遊走，兜售易拉罐啤酒。清潔隊做起事來比兩年前的夏天更為主動、更有效率，但百般努力之下，仍無法清除堆積如山的酒罐、塑膠袋、撒落地面的食物殘渣。天氣一熱起來，人們想要享受戶外活動的欲望也隨之高張。下班後和朋友一起到露台上喝杯啤酒著實誘人，但有些人更寧可坐在天使廣場的水泥地上，就地飲酒作樂。年輕人在附近的超市購買飲料，於晚餐前來到此地。然而，若忘記買酒，他們總能夠跟這些流動攤販買。流動攤販為數眾多，他們賣的啤酒只要價一歐元，比在該區的任何一間酒吧喝啤酒還便宜許多。

一名流動攤商向本報記者說，他每晚通常淨賺約三十歐元。流動攤販之間排定了班表和地盤，避免競爭。他們以七十分錢購入啤酒，轉手以一歐元賣出，賺取三十分錢的差價。正所謂富貴險中求，因為公共場所相關法規（文明的法規）規定，在未獲許可的情況下販售酒精飲品最高可處罰鍰五百歐元。此外，攤商還可能損失尚未售出的貨品。向他們購買啤酒的消費者同樣也在冒險。

「這就是我們的生活，有這種抓耙子報紙，活在這些狗屁倒灶的事情裡頭。」丹尼爾哼了一聲。「前陣子，有個傢伙在廣場上喝可樂，結果被開了罰單，罰了將近兩百歐元，只因爲清潔隊員要灑水清洗廣場的時候，他不願起身。他們有事沒事就在洗廣場。現在，酒吧內也不准抽菸了。對，我知道全世界都是這樣，但老天呀，酒吧又不是什麼健康場所，酒吧是讓人出謀畫策、放鬆、喝醉的地方。在這邊，算了吧。房租貴得不像話，他們希望住在這裡的只有有錢人。這一切都是爲了觀光客。他們正在清除塗鴉！有些塗鴉眞的畫得很美，世界上沒有任何一座城市有這種塗鴉。但要跟那些蠢蛋解釋說這是藝術，得了吧。操！一切都被他們毀了。」

「我們有個朋友曾被關進監獄，因爲他噴了一個塗鴉，上頭寫著：『觀光客，你們全是恐怖分子。』他被關了差不多四個月，可憐的傢伙。」胡莉葉塔說，「妳不曉得我們有多想去馬德里。但我們在這裡找到工作了。我受夠這座城市了，我甚至不出門上街。我還是留在家裡怨天尤人吧。」

*

飯後，三人外出散步。夜色正好，胡莉葉塔和丹尼爾想帶索菲亞去幾家新開的酒吧。她第一次來巴塞隆納的時候，還沒有那些地方。他們也想帶她去一些她當年沒去過的老酒吧。就這樣，三人來到亞絲敏酒館。索菲亞努力要讀海報上的字——上頭顯然寫著亞絲敏夫人的故事，酒館以她的名字命名。然而，燈光太昏暗了，索菲亞又沒戴眼鏡，看不清楚。她轉而詢問丹尼爾。丹尼爾通常對這些紅燈區的老故事倒背如流，但他一時之間想不起來。「不過，如果她被叫作『夫人』，那她應該是妓女吧。」丹尼爾下了結論。他要胡莉葉塔和索菲亞等他一下。一會兒後，他帶著馬努爾回來。馬努爾是他在社區裡的朋友。他介紹馬努爾給索菲亞認識，說他是少數很酷的加泰隆尼亞人之一。馬努爾頭頂短髒辮，身穿黑白條紋T恤。「我們這邊這位來自布宜諾斯艾利斯的朋友想聽聽紅燈區的傳說。」

「看看我有什麼故事可說。」馬努爾面露微笑，略顯醉意。胡莉葉塔解釋說馬努爾和他倆一起爲影片做音效剪輯，問馬努爾知不知道關於亞絲敏夫人的事。馬努爾答說那是有名的故事。十九世紀末，亞絲敏生於紅燈區，是賣花女的女兒。當然，她家境貧困，便賣身討生活。當時的紅燈區是個龍蛇雜處的下流場所，而亞絲敏是一間青樓的夫人，許多詩人和無政府主義者常到那兒尋歡，她就曾跟無政府主義者墜入愛河，還替對方生了個兒子。然而，她那個無政府主義者愛人被佛朗哥主義者殺了，之後她便開了鴉片館。她兒子被一輛雙輪馬車輾死，身首異處，魂斷蘭布拉大道。」馬努爾說他不曉得更多細節了，傳聞亞絲敏夫人的兒子遭馬車斷頭，但事情是如何發生的，完全沒有提及。

「哎，好可怕。」胡莉葉塔說。馬努爾繼續，說亞絲敏閉門不出，抽鴉片酗酒，每週只外出一次，到波格利亞市場購物，懷裡總托著一個無頭玩偶。馬努爾說那個玩偶的頸子是用她死去兒子的皮膚做的。

「好美的故事呀，正好替今夜畫上句點。」丹尼爾哈哈大笑，但神色有些忐忑，點了一根菸。他的這句話聽起來很愚蠢，且不自在。

「亞絲敏從前住的樓房在這兒附近，所以這間酒吧才被取名為『亞絲敏夫人』。為了鋪設蘭布拉大道的拉巴爾段，她從前的家被拆了。」

「令人傷心的蘭布拉大道拉巴爾段。」丹尼爾說。

「老兄，這兒被稱為悲傷大道不是沒有原因的。傳聞說那個無頭的孩子仍在這兒遊蕩，成了巴塞隆納眾多兒童鬼魂之一……」

「馬努爾，拜託，你知道我聽了會不舒服。」胡莉葉塔生氣地說。

此時，馬努爾對索菲亞微微笑，接著說：「滿意嗎？我還有更多故事，但想聽的話，妳得約我喝杯咖啡，因為這邊這位女士受不了恐怖故事。」

之後，馬努爾沒有等到索菲亞回答，便直接問丹尼爾之後約哪幾天碰面，修改他們正在剪輯的影片。對話偏離，索菲亞聽見許多她沒聽過的人名。馬努爾和丹尼爾在工作上的意見有所分歧，索菲亞也不感興趣。胡莉葉塔也加入談話，她樂得獨自一人享受片刻寧靜，想著那個用死人皮膚縫補成的玩偶脖子。霎時間，特調雞尾酒、椰棗沙拉，乃至於整間酒吧都令她感到很不舒服。她一度想要離開，但最終留在原地等待，等到她的朋友打起呵欠為止。

＊

隔天晚上，索菲亞和胡莉葉塔獨自外出。她倆想要來個閨蜜之夜。丹尼爾樂見其成，如此一來便能待在公寓內把最愛的影集落後進度追回來。他貌似認眞，說寧可看電視，也不要在夜裡踏上巴塞隆納的街頭。

胡莉葉塔一出大樓、關上大門，便一把用力抓住索菲亞的手臂。「我不想去拉康查酒館看變裝皇后。」她對索菲亞說。總之，那兒的表演也不如從前了，現在看起來有如女子單身派對，有一半的時間都在和未來的新娘致意。甚至連少年、小孩子也去。酒館沒落了，氛圍寥落。從前的變裝皇后無比耀眼又狂野，如今見到她們打扮成瑪莉莎・帕麗迪詩，爲全場觀衆演出，實在令人沮喪。胡莉葉塔死也不想去那兒，她想找間酒吧，她想要聊天，想要和索菲亞說一些她在電子郵件、信件和屈指可數的電話裡都不敢說的事。「去年我過得非常糟。」她說，接著哭了起來，沉重的淚珠忍憋許久，最終落了下來。索菲亞把胡莉葉塔拖進看見的第一間酒吧，抽了店內幾張衛生紙給她。先前那股臭氣瀰漫在空氣中，停滯混濁，縈繞不去，但胡莉葉塔好似沒嗅到。此刻並不適合問她是不是也嗅到那股味道。

她們點了咖啡。兩人都不想碰酒。較爲冷靜後，胡莉葉塔終於開口，說她自己瘋了，也許是因爲成天想著巴塞隆納的瘋子害的。

「這座城市總有一堆活動，雙年展、總統級會議、巴塞隆納足球俱樂部的比賽……整座城市滿滿都是直升機低空飛行，妳不曉得那畫面有多壯觀。」

索菲亞點點頭。她能想像那場景。

「去年我和丹尼爾想要……這麼說吧，我原本想要懷孕。我很瘋，眞的。現在我覺得那都是痴心妄想，沒有錢還想養小孩，未免也太慘了。此外……算了，這待會再說。」

胡莉葉塔望向身後，彷彿感覺到身後有人。她感到解脫，長舒了一口氣，然後繼續說下去。

「問題在於去年我一心只想要生個孩子。不過，我們開始努力後，我突然感覺那些直升機都是衝著我來的，成天飛來飛去，就爲了監視我。」

「哎，胡莉葉塔。」

「我知道啦，妳什麼都不必跟我說，都是我在妄想。上個月我剛停掉那些鎮定劑。我有點想念那些藥，但我必須忍耐。總之，我原本以爲那些直升機是衝著我來的，要來把我和我的寶寶抓走，抓去做實驗。簡直像科幻小說！或者以爲它們要來偷走我的寶寶。該怎麼解釋呢？它們就像是巴塞隆納的擄童突襲隊。我的狀況就是這麼嚴重。丹尼爾非常晚才知道這件事。那段時期他成天工作，我連他那時候忙些什麼都想不起來了，大概是某支重要的影片吧。我時常躲在床底下，躲避那些直升機，不然就是用被單搭帳篷。我不想上街。有天，丹尼爾發現我躲在裡頭，就帶我去看了精神科醫師。他挺可憐的，嚇壞了。」

「最後妳懷孕了嗎？」

「沒有。很奇怪，因爲我們有差不多六個月沒有避孕。搞不好我或者他就是生不出小孩。總之，開始接受精神科治療後，我也不能再試了，因爲孕婦不能吃那些藥。此外，我發覺我想要生小孩的念頭，根本就是瘋了。」

胡莉葉塔啜飲了最後一口咖啡，接著壓低嗓子。

「不該在巴塞隆納生小孩。妳聽見昨晚馬努爾跟我們說的故事嗎？不該在這裡生小孩。」

「什麼故事？」

「妳明明聽見了！妳以爲亞絲敏的那個寶寶是唯一在巴塞隆納四處遊蕩的小孩嗎？馬努爾都跟妳說了。」

胡莉葉塔的雙眼空洞無神，笑容僵硬，毫無喜色。索菲亞心想胡莉葉塔仍瘋瘋癲癲的，等回到公寓，她得和丹尼爾談談。胡莉葉塔抓住她的手，手指冷冰冰的，顫抖個不停。

「妳已經注意到了。」她對索菲亞說。

「看在老天的分上啊，小胡，注意到什麼？」

「妳已經聞到那個味道了。孩子的味道。我看見妳皺著鼻子。」

索菲亞渾身直打哆嗦。胡莉葉塔說，她必須知道一切。一九九七年，胡莉葉塔和丹尼爾初來乍到，拉巴爾區極爲混亂。全歐洲最大的戀童癖網絡的主要觸手之一就在此地，人們常說，有些女人生活困頓，除了賣淫討生活，還把小孩也賣出去，讓人關在房間內拍攝一些不雅相片，或者讓小孩落到戀童犯沙維爾・塔馬利特的手上。

那些戀童癖變態時常去黑色廣場狩獵孩童。有一間孤兒院被拆了，孩童的身分不明，神父和修女把他們的資料全撕碎了。那些孩子都沒上過學，不是落得持刀搶劫，就是站壁賣淫。其中有個孩子渾身發臭，因爲他全身上下只有一件衣服，還充當床單。

那孩子在城內四處遊蕩，讓整座城市充斥他的臭味，讓人沒辦法忘記他。傳聞說他的衣服髒汙不堪，緊緊黏在他身上，社工人員怎麼也沒辦法幫他脫下。傳說，由於渾身骯髒的緣故，他不只身上有蝨子，頭皮上也長了白色的蛆蟲，腋下還有許多爛瘡。從來沒有人替那孩子洗過澡，他就像是一頭小獸，感到害怕的時候會拉屎在自己身上，也不清理乾淨。許多人看過他，他是最有名的鬼魂，會用他黑黑的手亂摸人，磨蹭人們掛在酒吧椅子上的外套，讓外套沾染上腐肉的氣味。時不時有遭到毒蟲母親拋棄的孩子自陽台跌落。有些孩子打從三、四歲起便把鑰匙掛在脖子上。有些孩子殺害計程車司機，不然就是嗑藥過量而死，站壁賣淫只爲了掙錢買古柯糊。政府給他們四千比塞塔，要他們搬離公寓。放眼全界，這兒是繼加爾各答之外，人口最密集的社區。房屋大多倒塌，沒有電力，沒有自來水，有衛浴設備的人家可說是很走運。

紅燈區遭到鏟除。黑島行動，範圍含括努街、聖拉蒙街、巴爾貝拉侯爵街。某人在牆上留下塗鴉，寫著「積累憤怒」。拉巴爾區的風化事件被當作藉口，社區居民發起的行動都被視為犯罪，當局藉此大作文章，打算整建舊城區。沙維爾．塔馬利特並不具攻擊性，我對他做了些調查，發現他具有自我克制的能力，他對自己的戀童癖提出合理解釋，但他已接受過化學去勢，降低他的情欲等級，他的陰莖透過解剖手術縮小尺寸，萎縮，纖維化，尿道狹窄，諸多手術。

胡莉葉塔向索菲亞解釋，整件事情就是個圈套，一場騙局。從前當局用同樣的方法驅逐了非常多人，清整社區。有些人是社區黨派的成員，其他人則隸屬其他黨派，她不是很懂，但他們是加泰隆尼亞政府的問題。胡莉葉塔把「加泰隆尼亞政府」這個詞換成阿根廷的說法，「市政府」，好讓索菲亞理解。這是政治事件。

然而，已經無人談論拉巴爾區的事件了。為什麼呢？胡莉葉塔知道原因。若再談及拉巴爾區，就必須談到那些孩童——不是那些被強姦的孩童，因為顯然從來都沒有孩童遭人強姦，那簡直是一派胡言。談論拉巴爾區，就必須談到其他孩童，那些死去的孩童。

「有個傢伙老是走在塔耶雷斯街上，邊走邊說：『我以我死人的名義發誓。』起初我以為他是活人，但並不是，因為他總是在同一時間遊蕩在外，不是每個人都看得見他。王八蛋，嚇死人了，那條街明明很美，有很多唱片行……有時候我不敢去那兒。哥德區那裡根本不是他的地盤。」

「親愛的，妳必須……」

「別以為我瘋了。這城裡每個人都曉得這件事，只是都在裝傻。但妳已經注意到了，我從妳的表情看得出來。妳看見哪一個了？」

索菲亞凝視著咖啡杯。咖啡已經涼掉了。她抬起視線，目光掃過其他桌。兩個奇高無比的斯堪地那維亞人在她倆一旁喝啤酒，說著一種奇怪的語言，發出「啊啊啊」的聲音。香菸自動販賣機那兒，兩個加泰隆尼亞人正把銅板塞進投幣口。牆壁上貼滿了邊車樂團的表演廣告，以及當代藝術博物館的展覽宣傳。英國人在大街上嚷嚷，弄臭了他們本來就很壞的名聲，他們大概在唱某首經典歌曲吧，但歌聲酣醉，根本聽不出來是在唱些什麼。一切看似正常，這座城市有許多特別的小店，例如只賣天然果汁和冰沙的店家，有販賣設計服飾的店鋪，有著為現代主義建築而感到歎為觀止的觀光客，有著享受巴塞羅內塔海濱風光的少女。索菲亞害怕這一切都是她自己腦中的幻想，害怕自己被朋友的妄想牽著走。胡莉葉塔所說的一切彷彿應證了她的不安。要是她只是因為厭惡巴塞隆納這座城市的驕傲感才心生擔憂的呢？要是她只是對鄉巴佬觀光客懷有恐懼症呢？索菲亞決定閉上嘴巴。那氣味宛如辣醬、像是某種濃烈的薄荷，充斥在她的鼻腔內，嗆得她直流眼淚；那股臭氣顯然觸摸得到，黑糊糊的，像是地下墓室般的氣味。

「我什麼都沒看見。」索菲亞說。她此話不假。然而，她相信胡莉葉塔的話，相信自己很快就會看見。

胡莉葉塔看似失望，且驚駭不已。但索菲亞緊緊握住她的手，安撫她，接著說：

「但我聞到了。我聞得到。」

索菲亞的胃頓時一陣痙攣。她深呼吸一口，把抽筋的感覺強壓下去，用餐巾紙稍微阻擋那氣味。

「妳在哪裡聞到的？」胡莉葉塔嘟噥地問。

「四處都聞得到，現在就聞得到。」

「妳知道祂們會怎麼做嗎？祂們是不會讓妳離開的。」

「什麼東西？」

「那些孩子，祂們不會讓妳離開的。我們無法離開拉巴爾區。祂們從前過得很不幸福，不希望任何人離開，希望見到他人受苦。祂們會把妳吸住。妳想要離開的時候，祂們會把妳的護照搞不見，或者害妳錯過班機，或者害妳的計程車在去機場的路上撞車，或者給妳一份待遇優渥、無法婉拒的工作機會。祂們就像是童話故事中的小妖精，會在夜裡把家裡的東西換位置，但祂們比小妖精還糟糕許多。說不想離開拉巴爾區的人都在說謊。他們是無法離開，然後學著承受一切。」

索菲亞閉上雙眼，彷彿聽見孩童在拉巴爾區的重建公寓內赤腳奔跑的急促腳步聲。彷彿看到有個孩子身穿一件髒汙不堪、充作床被的衣服，神情憤怒、十分不滿。她幾乎看得見孩子那張無牙的嘴，以及祂陳年的不幸。她並不想要眞的看見祂，不想看見祂坐在埃斯庫德勒街的某扇門前，霸占某個毒蟲的舊毯子。她不想看見孩子和祂的朋友在黑色廣場上組成的夜巡隊伍。

「妳明天就離開。」胡莉葉塔對索菲亞說，這會兒語氣嚴肅，流露出保護她的意圖。

「我們把票改一改，我幫妳。妳是過客，祂們困不住過客。」

之後，一架直升機畫過天際，朝著北方飛去。胡莉葉塔盯著直升機的燈光，低喃地說：

「回家吧，拋下我們吧。別擔心。總有一天我們會逃出去的，很快。」

望樓

El mirador

祂總是想要告訴女孩——女孩的父親是飯店的現任老闆（也是最後一任）——不要害怕。沒什麼好怕的，祂就在這裡，但女孩感知不到祂，看不見祂。當然，除非祂化作某種形體，不然沒有人感知得到祂；然而，沒有形體，祂的存在也被否定。女孩沒有任何特別的感知能力，她只是嚇壞了。她自通往飯店望樓的樓梯前狂奔經過，想像那兒、高塔上（好幾年間，這座塔是奧斯坦德一帶最高的建築物）躲著一個瘋女人，一個長髮的瘋女人，身穿白色睡袍，時常凝視著鏡中的自己；她害怕飯店的義大利廚子（廚子總在鍋爐內添加柴火），就算對方被開除了，她仍感到害怕（她覺得廚子會埋伏在走廊上等她，把她和木柴一起扔進火堆）。現在，老闆的女兒長大了，不在飯店內過冬了。她總說寒冬寂寥的海水浴場無趣極了，除了冷風，還是冷風，令她無法忍受，皮納馬爾就連一間開門營業的電影院也沒有；她總說也害怕小偷闖入飯店。但這全是騙人的，這股恐懼和她兒時的恐懼一樣：小時候她會害怕到僵在飯店環狀迴廊上，動彈不得，無法接近二樓近乎修道院風格般簡樸的飯廳，無法接近充作儲藏室的客房內等待修復的大鏡子，因爲她害怕在那兒看見某種未知之物的倒影。

奇怪。人們口中傳說的故事更爲奇怪。房客，甚至老闆本人都在說。故事說，有個工人在飯店興建期間不幸喪命，被封在牆壁內了。說得好像飯店是哥德式大教堂一樣。有個女房客信誓旦旦地說聽見主飯廳傳來派對的喧鬧，她試圖上前查看，有人警惕地「噓」了一聲，噪音便逐漸消散。廚子也證實這些歡欣慶祝的鬼魂的傳言爲眞。但這一切都是假的，是祂一手策畫，在飯店搞出這些事情，讓他人心生恐懼，或者杜撰一些子虛烏有的謠言。但祂從來沒有成功：比利時人離開飯店趕赴戰場時，祂沒辦到；飯店二樓以下全埋在沙子裡的那些年，祂沒辦到；鯨魚擱淺的那年夏天，無數蒼蠅發出死亡的嗡嗡聲，朝著海灘大舉進攻，大啖擱淺而死的鯨魚時，祂也沒辦到。那年夏天，沒有人下到海裡戲水。

對，絕望至極的人會投宿這間飯店。對，祂會聽見房客們反覆碎念說想死，祂會贈予許多噩夢，讓他們在夢中重溫悲慘的童年和早已忘卻的痛苦。然而，沒有人做好準備。若說對祂這種存在而言，時間不會流逝，那都是騙人的。祂累了，每年夏天祂都希望是自己的最後一個夏天。祂待在望樓的時間愈來愈長，活人的呢喃傳不太到那兒。祂很會模仿活人的低語，但並不明白意思。

*

「要是這件該死的外套塞不進行李箱，那我他媽的就要冷死了，海邊晚上很冷。」艾琳娜心想，接著不禁又哭了起來。每次碰上不順心的小事，她就會哭。比方飯廳的燈泡燒壞、沒有備用品時，她會哭。她甚至根本不曉得如何換燈泡。忘記繳電費，必須越過整座城市去電力公司繳款，她會哭。藥吃完了，不得不在凌晨四點鐘外出找一間深夜營業的藥局，她也會哭。她已經向大學申請休假，也試過在家人朋友面前假裝自己的精神還算正常，但這極其困難，以至於她已經不接電話了，只回覆電子郵件，要親友另想辦法聯繫。她才不在意親友們有多擔憂，甚至沒有把停止治療、只依靠藥物的事情告訴他們。她沒有什麼話好說，沒有什麼心事好挖掘。她只希望在化學作用下，進入略為恍惚的狀態。這狀態切斷她與世間的聯繫，也讓她稍微能夠多活一點。她的時間愈來愈少了，但足夠。

她甚至不想去飯店那兒，但幾個月前、去醫院之前，她下定決心再去飯店一趟。當時她仍相信在海邊待上一週會讓自己感覺比較好，也能要自己別再掛念著巴布羅。巴布羅離開了，沒再打過電話給她，也不曾寫信給她。她不曉得巴布羅是生是死，這兩個消息她都願意收到，再怎麼樣都比這種懸而未決的人生好。她痴痴等待巴布羅已有一年之久。一如既往，她傳訊息告訴巴布羅她要去哪，甚至還傳給他那兒的電話。她會在旅館內過生日。若巴布羅還活著，若巴布羅愛過她，那他必須打電話來。

她想念巴布羅愛撫她的背，想念他嘲笑她的妄想症，想念他百般嘗試也無法安慰她的模樣，想念他總要拖個老半天才肯去洗澡，想念他幾乎不喜歡進食，想念他臀部的骨頭，想念他說話時比手畫腳的模樣；她希望自己能夠再次觀看巴布羅的相片。從前巴布羅更在意貓咪，心思沒放在她身上，她想念自己為此感到吃醋的模樣，想念和戴著那副萬年墨鏡的他一起在陽光下散步的時光。她想念巴布羅於凌晨時分總會接到很多電話，想念自己看著他入眠，想念他懂得閉嘴。但每次巴布羅閉嘴太久，她又會大發雷霆。她想念自己苦苦哀求巴布羅不要離開的那些早晨——雖然巴布羅外出不過兩個鐘頭就回來了——想念自己哭得泣不成聲的模樣。然而，她是絕對絕對不會讓巴布羅這樣沒消沒息離開的，就連一句道別也沒有，忘恩負義。但，要是巴布羅已經死了呢？這是有可能的，沒人知道巴布羅的消息，除非他們是刻意隱瞞她。但人們怎麼可以對她隱瞞這種事呢？他們明明看過她因絕食而吐血，明明看過她緊咬枕頭，咬到枕頭套都扯破了，明明見過她醉醺醺地自殘，目光死盯著螢幕，苦苦等候巴布羅捎來的電子郵件，一等就是數小時，盯到頭痛欲裂，雙眼發紅，倒在鍵盤上哭泣。他們明明見過她打死也不出門，待在家裡死守巴布羅的來電；他們明明聽見過她叫那些對她說「加油，舊的不去、新的不來，日子還要繼續過，天涯何處無芳草，男人那麼多，妳長得那麼漂亮，我們去跳舞吧，我想介紹個男生給妳認識」的蠢蛋去死。

＊

祂喜歡那女孩，但隨著時間一年一年過去，祂學會不要信任對他人的第一印象。祂記得有一次，將近二十年前，祂看見一個鼻子哭得紅腫、雙眼無神的金髮女人抵達飯店。當天晚上，祂發現女人打算在飯店待上幾天，一來是爲了待在距離海邊近的地方，二來是爲了稍微忘卻兒子過世的悲痛。祂幻化成那男孩的形體，在走廊、客房、水療中心附近和通往二樓的階梯上，出現在女人面前。然而，女人只是不斷放聲尖叫，最終被人送上救護車帶走了。女人當時和她老公待在一起。祂學到教訓了：只能嘗試對孤身的女人這麼做。

剛到來的女孩名叫艾琳娜，獨自一人。她長得很美，卻不自知。失眠加上菸不離手，黑眼圈很重。她總是面露不屑，碰上健談迷人的飯店老闆，說起話來也十分不客氣。她甚至連其他房客也不瞧一眼。第一天，她沒有去海灘那兒，沒有下樓吃早餐，也沒有下來吃午餐。晚餐時，她把餐盤中的食物左移右挪，偷偷配著葡萄酒吃了三顆藥。祂察覺到艾琳娜討厭海灘。那她又是爲什麼來到此地呢？幾年前，她肯定在某處海灘出過什麼事。這晚祂必須調查事情的來龍去脈，讓艾琳娜在夢境中回憶當年的事。

祂走過鋪有藍色地毯的走廊，一路來到艾琳娜的客房。艾琳娜住的是等級最好的客房，套房裡有微波爐和冰箱，但她顯然不打算使用。現在還不是時候幻化出形體。明天吧。今晚，讓艾琳娜夢見她十六歲那年在海灘上的那個夜晚，便足矣。她本以爲自己刀槍不入；那晚，從某間夜店離開後，她接受了醉漢的邀約，一同去了空無一人的海水浴場。男子摀住她的嘴巴，意圖讓她叫不出聲，而她早已嚇壞，連動都沒動。事後，她並沒有把這件事告訴任何人，她只是把身體清洗乾淨，默默哭泣，買了一些私密處用的乳霜，消除氣味，減輕沙子在她私密處內側細緻皮膚上造成的灼痛感。

*

「這時候還眞適合回憶那樁鳥事啊。」艾琳娜心想，接著看向房間窗外。她的窗戶正對著游泳池。她並不是忘了，但海灘事件之夜鮮少出現在夢境中。然而，她知道巴布羅正是因爲那樁事而拋棄她的，因爲有時候巴布羅觸摸她的身體時，她會想起沙子在胯下摩擦的感覺，以及那股疼痛，不得不請他住手。出於恐懼，她從來沒辦法對巴布羅說出原因，最後巴布羅也受夠了。那還用說，她的一輩子都毀了。

外頭，一對情侶坐在各自的躺椅上，手牽著手，正在聊天。艾琳娜看了就討厭。天氣雖然不熱，孩子們仍在池子裡玩水。有個年約五十來歲的男子正在陰影下閱讀一本黃皮書。房客不多，或者至少飯店給人這種感覺，十分寂靜。「這不是個好主意。」艾琳娜心想。她等了一小時、兩小時，但接待櫃檯沒人打電話到客房通知她有任何來電。不知如何是好的三十一年。該怎麼辦呢？再在大學教個二十年的書，再當個二十年的兼任老師，再多過個收入微薄的二十年，然後孤獨辭世；再開個二十年的教師會議，再發個二十年的牢騷。她沒有別的計畫。此外，坦白說，搞不好她已經沒辦法再當兼任老師了。最後一堂課講到涂爾幹的時候，她講著講著突然哭了起來。未免也太蠢。她拔腿離開教室。她忘不了孩子們的譏笑聲，與其說殘酷，更令她感到緊張。她好想把孩子們全殺了。最終，她把自己反鎖在教師休息室內。有人發現她渾身顫抖不止，另外有個人叫了救護車，之後發生了什麼事，她就沒什麼印象了，醒來的時候，人已在某間私人醫院。那兒的醫護人員友善歸友善，卻教人無法忍受。醫藥費極其昂貴，但出她母親買單。後來還有團體治療，但她感覺很糟，覺得自己絲毫不在意其他人說些什麼；在手工藝活動上，她總想著該如何自我了斷（「不如把畫筆插進頸動脈？」）；一對一諮商的時候，也緘默不語，因爲她什麼也無法解釋。醫院雖然對她的病情有所疑慮，最終還是允許她出院。父母替她租了一間公寓，說是要讓她獨立生活，讓她盡早康復、融入社會，諸如此類的陳腔濫調。至於巴布羅，天曉得他人在哪兒，根本沒有關心過她。她應精神科醫師的要求，回去大學教書一個月，但只撐了兩個星期就請病假，現在跑來海邊這兒。

她胡亂紮了個馬尾，決定下樓吃午餐。一如往常，她睡得太晚，因爲她已經不再控制服藥的劑量。之後，她對自己說，就去海灘吧。外頭陽光普照。人們總說看海能夠鎮定心情。離開客房的時候，她自幾尊奇怪的雕像旁經過。雕像有著綿羊的造型，好似從一個巨大的耶誕馬槽走出來般。兩個少年正試著把軟木塞投進一尊青蛙銅像的嘴巴裡。她打趣地看著他們玩耍。

她又翻弄著餐盤上的食物，最後還是想辦法吃了兩口，喝了一整罐七喜汽水，至少也算是攝取了糖分。接著她離開旅館，前往僅有一個街區之遙的海水浴場。

她沿著灌木叢夾道的石子路跑了過去，跑得上氣不接下氣，彷彿害怕有個什麼躲在樹叢中。她跑呀跑的，來到老舊的木樓梯前。大海、偌大的海灘顯得輕薄透明，沙子看起來比其餘地方來得白細。天空藍中帶紫，就快要下雨了。艾琳娜在涼篷下其中一張椅子坐下，觀看幾名男子踢足球。男子們年約四十，但身材依舊精瘦；她一度考慮上前搭訕，也許帶他們其中一個回去上床吧，她已經一年沒打炮，有何不可呢？但她知道不行，知道人們會嗅到她身上那股絕望的氣味，知道自己渾身正散發出惡臭。她看見幾個女孩身穿比基尼，迎面吹著海風。她等待雨水落下，讓自己淋成落湯雞。

水順著一頭長髮滴在褲子上，冰冷的雨水順著頸子滴落在胸口和肚子，她自包包拿出剃刀，在手臂上劃下一道道精準的切口，一刀、兩刀、三刀，直到看見鮮血流出、感受到疼痛，以及某種類似高潮的快感，才終於停手。希望天氣繼續冷下去，她就能用衣物遮蓋自殘的傷口。雖然她也不是很在意被人看見。她只害怕某個善心人士注意到她的自殘，怕那人同情心氾濫，跑去打那通令她感到恐懼的電話，怕那人打電話去布宜諾斯艾利斯，或者打電話叫救護車，或者打去自殺防治專線。

回到旅館後，她問服務人員是否有任何找她的電話。「親愛的，沒有。」接線生笑容滿盈地對她說。進到客房後，她泡進浴缸內，再次割起手臂，讓鮮血漂浮在身旁，把整缸洗澡水染成血紅色。絕美的畫面。她沒入水中，在水中睜開眼睛，看著這片紅色泡沫的海洋。

*

艾琳娜不想和任何人說話，但早餐時，有個剛抵達旅館的女孩（她是這麼認爲的，因爲女孩的膚色蒼白，且看起來有些不自在）跟她坐在同一桌。上午時段的飯廳總是人滿爲患。艾琳娜點了咖啡加牛奶，想要藉此提提神，因爲前一晚她徹夜未眠，感覺頭暈目眩。第一股咖啡因衝擊時，她的心臟在胸膛內用力蹬了幾下，但她並不在意。像這樣沒有事先預謀的情況下，簡簡單單地猝死，還眞是棒啊，比服藥自殺還來得好。她試過吞藥，但醒來發現喉嚨內插了根導管，才意識到服藥致死是多困難的事。她從自己犯的錯誤學到教訓，知道當初應該吃什麼藥才能趕赴黃泉，但她不敢再試一次。

女孩先是害羞地跟艾琳娜說了一聲「妳好」，接著問她是否參觀過聖．修伯里從前下榻的客房。艾琳娜說還沒有，但她心裡想的其實是「這個作家睡過的房間是關我屁事啊」。然而，女孩堅持要她去那兒看看。她的堅持並非出於對文學的狂熱。「我聽說如果在那間房裡拍照，拍出來的相片一定糊糊的。聽說是因為鬼魂被拍下來了。我不知道，但這間飯店肯定有鬼。」

「也許吧。」艾琳娜對女孩說，「但我不怕聖．修伯里的鬼魂，我說眞的。」女孩聽了哈哈大笑。她的笑聲很詭異，像是爲了笑而笑，但又不是假笑，就像是她不習慣發出笑聲一樣。艾琳娜對女孩有好感，至少不覺得她比其他人討厭，比方那些全身上下用熱蠟除過毛的有錢小鬼、談話無比有趣的紳士、無憂無慮的少女以及她們那些胳膊下夾著書本的四眼田雞男朋友，還有在夜裡開了昂貴葡萄酒的四十歲大叔，他們嗅聞著酒，嘆了口氣，抽起雪茄。

「那妳知道望樓的事嗎？」女孩問她。「略知一二。」艾琳娜回答。「只是他們不隨便給人參觀望樓，因爲塔樓的結構老舊，年久失修，很危險。」女孩搖了搖頭。她的手十分修長，但身材矮小，看起來比例不勻稱，幾乎可以說是畸形。「才不危險，只是階梯很陡。那個地方我熟，我們可以去看看。那裡才沒有上鎖，說鎖住都是騙人的。門只是稍微卡住，推幾下就開了。」

「好吧。我們明天過去。」艾琳娜說，請女孩寬限她二十四小時，好讓她補個眠。更重要的是，看看能否找間網咖，以防巴布羅寫了信給她。

但她最後沒有去網咖。她認得雙手顫抖、喘不過氣來的感覺，這個需要脫離自己肉身的急迫感，這個總是掛念著同一件事的感覺。她在走廊上點了一根菸，抽著菸走回房間，仰躺在床，等待夜晚降臨，等待翌日來到。她開著電視，但無法理解那些節目都在演些什麼。她嚇得魂不守舍，因爲她哭不出來。

*

像祂這樣的存在不會激動或者興奮。祂們只是感到確定。而祂確定艾琳娜就是那個人，確定她將會去做這件事。

祂帶著艾琳娜來到望樓。飯店老闆的確把門鎖上了。門後就是那道陡峭的木頭樓梯。然而，鎖頭這些工具當然擋不住祂。艾琳娜跟在祂身後爬上樓梯，喘得上氣不接下氣；上樓途中，她的手不小心扎到一根木屑，但她就連一句抱怨也沒有。進到望樓方正的房間裡，祂看見艾琳娜露出微笑。只要踮著腳，便能從窗子看見遠方的大海，赭色的光線，嗅得到木頭的氣味，看得見下方的陰影，彷彿塔樓下有個凹洞。

「飯店老闆的女兒小時候以爲這裡藏了一個瘋女人。」

「什麼瘋女人？」艾琳娜依舊面露微笑。

「才沒有什麼瘋女人，從來都沒有。那女孩讀了某本有個瘋女人被關起來的書，自己平空想像。」

「書裡的瘋女人總是被人關起來。」艾琳娜嘟噥地說。

「她們大可以逃跑。」

「或許吧。」艾琳娜說，席地而坐玩起幾片玻璃碎片。望樓本在整修，但遲遲未完工，留下殘磚碎瓦。她接著說：「我前天生日。三十一歲了。」

「妳不想慶生嗎？」

艾琳娜望著女孩。雖然沒有必要，但祂仍舊露出微笑。祂常看見人們擁抱，也許這時也該抱抱艾琳娜吧，但這麼做可能毀了一切。

最好還是隔天再帶她來望樓一趟吧。

然後把她關起來。

也許先讓她看看祂的眞面目吧，然後再把她獨自拋棄在塔樓上。

然後避免房客和飯店老闆聽見她的叫聲。祂有能力控制人們聽得見什麼、聽不見什麼。

然後等待她被餓醒，自門的另外一側和她說話，告訴她不會有任何人來找她，因爲沒有人在意她。

甚至也許再進去那房間一次，有必要的話，再進去好幾次，每次都稍微給她多看看一點祂的眞面目。以及祂眞正的氣味，以及，當然，祂眞正的觸感。啊，祂曉得自己的觸感最爲恐怖。

然後等待她死命敲打門，等待她製造噪音，等待她放聲大叫：艾琳娜不只已仔細觀察窗戶，也觀察了樓梯。在這道樓梯上失足絆一跤就夠了。沒摔死的話，艾琳娜可以再次爬上樓梯，可以再次從高處一躍而下。她辦得到。

然後艾琳娜就會帶著她冰冷的雙手、血跡斑駁的手臂，在這間飯店內四處兜圈子。
然後祂就自由了，因爲祂終於找到她了。

親愛的心，你在哪裡？

Dónde estás corazón

我有三段關於他的回憶，但其中一段可能是假的。下述的順序是隨機排出來的。第一段回憶中，他坐在扶手椅上，全身上下一絲不掛，屁股墊著一條毛巾，正在看電視，注意力沒放在我身上：我認爲自己是在偷窺他。他的陰莖搭在一團黑色的陰毛之間，一道暗粉紅色的疤痕穿過他的胸毛。

第二段回憶中，他的妻子牽著他的手，帶他走進房間。他也是裸著身子。他用餘光瞄了我一眼。他的頭髮留得頗長的，就算以那個年代（七〇年代）來說也是。我看不見他的疤痕。

第三段回憶中，他近距離對我微笑，臉幾乎就要貼在我的臉上。我感覺自己在這段回憶中赤身裸體，而且感到很害羞。但我不曉得這段回憶是不是眞的；這段回憶沒有其他回憶來得自然，可能是我幻想出來的，雖然我認得那害羞和脆弱的感覺，那些感覺時常出現在我的夢境。我不曉得他是否摸了我。隨著有他的回憶一同浮現的感覺像是欲望，而且，若我的懷疑無誤，應該像是恐懼。我並不怕他，雖然我試著營造出類似童年創傷的東西，想像那創傷對我的成年人生有所影響，但他的臉孔不會讓我感到痛苦。認識他那年，我五歲。當時他病入膏肓，心臟開了刀，但手術結果不佳——不再去他家（應該說，是我幾個朋友的家，這些朋友是他的女兒）之後，我才得知這件事；他過世之後我才知道手術的事。我不記得他叫什麼名字，且我從來不敢問爸媽。

他過世一段時間後，我開始用指甲在胸口正中央的位置壓出印記，仿擬他的疤痕。

我時常在睡前裸著身子這麼做，壓完後抬起頭看著那塊扎得紅腫的皮膚，一直看到紅腫消散，看得頸子痠疼。

*

天氣炎熱難耐的時候，我喜歡進到媽媽稱之爲「孤女閨房」的房間，因爲那兒最爲涼爽。那是唯一沒人使用的房間，媽媽把那兒當作倉庫，存放書本和舊家具。我非常喜愛那個房間：我喜歡裸體躺在人造皮革扶手椅上——扶手椅總是冰冰涼涼的，搬一台小電風扇過來，讀上一整個下午的書。我在社區和學校的朋友都跑去俱樂部的泳池了，但我絲毫不在意。我在這間房裡找到一本插圖本《簡愛》。書本有些解體。在書中認識海倫・彭斯後，我便陷入初戀，無法自拔地墜入愛河。

我討厭那本書的插圖，因爲插圖中的海倫比故事描繪的還大上許多。再者，雖然書中從來沒有對海倫的髮色多加著墨，但出於某種原因，插圖把她畫成金髮女子。海倫．彭斯長得才不是那個模樣，我知道，因爲一整個夏天我光是躺在扶手椅上想像她的樣子。扶手椅有如孤兒院的床，而海倫．彭斯，美麗無比的海倫．彭斯，因肺結核奄奄一息，就躺在這張床上慢慢死去。我一直牽著她的手。

海倫是書中的配角。簡愛才是主角，她來到位於羅伍德、人人聞之色變的女子寄宿學校。校長布洛克赫是個壞心眼的人，當著同學的面羞辱了她一番，害她交不到任何朋友。但海倫並不在意，她與簡愛結識爲友。她都一腳踏入棺材了，早就超脫這一切了。簡愛第一次在院子裡看見海倫的時候，海倫正在讀《拉塞拉斯》——這書名未免太詭異。當時，我就有預感自己將會愛上她。一個章節後，海倫便死了。寄宿學校內爆發斑疹傷寒，而海倫的肺結核復發，被轉移至二樓的房間。一天夜裡，簡愛偷偷溜進去找她。最後那個夜晚，兩人共枕眠。今天，回憶這個章節時（因爲我倒背如流，不需要重新閱讀），我全明白了。簡愛躺上垂死的海倫的床鋪時，海倫問她：「親愛的，妳會熱嗎？」親愛的。親愛的。這是充滿愛意的場景。簡愛醒來時，她的朋友海倫早已死去。這個章節，每晚、夜復一夜，我躺著抱住枕頭，假裝枕頭是海倫，但我沒有像簡愛那個白痴一樣睡著，並沒有，我牽著海倫的手，看著她慢慢殞命，而她用她那死灰的眼神（以及她斷斷續續的呼吸）凝視著我的雙眼，一步步邁向死亡。我稍微能夠看見另外一個世界，那個她將永遠待著的地方。

*

很快我便明白我的幻想是無法實現的。十四歲那年，有個朋友懊悔地對我說：

「妳知道我聽說什麼事了嗎？妳記得瑪菈的哥哥嗎？」

瑪菈是我以前的同學，後來轉學了。

「記得。」

「嗯，他的心臟和肺之間長了一顆腫瘤，沒辦法動手術。他要死了。」

一個星期後，我不斷向朋友提議一起去探望瑪菈。我想要認識她那垂死的哥哥，因爲我懷疑，這麼說吧，我懷疑自己可能會愛上他。然而，眞正見到她哥哥本人……他看起來是夠病懨懨的，但不合我的胃口。那段時期我迷茫度日，最終得到一個令我坦然自若的結論：我並不喜歡眞正的病人，因此我也不是變態。這個念頭沒有助我放下執念。我的朋友都把錢花在毒品上，反觀我，有整整一年的時間，把媽媽給的零用錢拿去買無比昂貴的醫學書籍。這些書帶給我無上的快樂。所有這些委婉表達死亡的用語，所有這些美麗的醫學術語，毫無意義且生硬的行話。這就是色情。當時我算頗清楚什麼東西會令我感到欲火焚身，而什麼東西不會，因此，我愈來愈覺得維多利亞時代的小說索然無味。那些小說中總有個病懨懨的角色，但讀者從來不太清楚那角色因爲什麼疾病而一步步邁向死亡。我曾有一年多的時間狂戀著伊波利特——《白痴》一書中患有肺結核的少年，放下這段感情後，我便厭倦了染上結核病的人物。我想要色情：像海倫、達秋[1]或伊波利特這種身患疾病的角色是情色、是暗示，而且總是次要的配角。伊波利特很理想，他是個長相俊美的少年（杜斯妥也夫斯基透過梅什金公爵之口，將其描述爲「有一張非常美麗的臉龐」，讀得我直顫抖），命不久矣，個性頑固、脆弱且壞心眼。但他的話很多，不常昏厥。我受夠了，不想再閱讀蒼白、汗水和咳嗽的描述。我想要更多細節，我想要露骨的性愛。這些醫學書籍很理想，還幫助我確定了我的性癖。我跳過神經系統疾病的章節，我不喜歡痙攣、智能遲滯和癱瘓，確切來說，我覺得神經系統很無聊。說來也妙，腫瘤學章節的所有內容我都不在乎，我覺得癌症很骯髒，而且社會大眾過於重視癌症，有些庸俗（婆婆媽媽常說「那個可憐的太太長了腫瘤」，腫瘤也被叫作「馬鈴薯」！），有太多美化癌症患者的電影（我喜歡有英雄形象的病人，但那種足為模範的病人我可不喜歡）。最無趣的就屬腎病學了。顯然，人的腎臟一旦停止運作，人就會死，但我不在意，我覺得「腎臟」一詞本身就很嚇人。更別提胃腸學了，有夠髒的。

我很清楚自己喜歡什麼、會在哪些章節駐足。找到特別鍾情的內容後，我全心傾注。我喜歡患有肺病（這肯定是對海倫、伊波利特及其他患有結核病的角色的追憶）和心臟疾病的病人。心臟疾病也有其俗氣的一面，患者都是老年人（或者年過五十，許多可怕的物質開始對他們產生影響，比方膽固醇）。要是他們是年輕人……那未免也太優美了。一般來說，心臟疾病從外表是看不出來的。要是他們長得俊美，那也是一種破敗的美，但也是隱密的美。其他疾病通常有個病程，患有心臟疾病的人則隨時可能死去，這點大為不同。有一次我在醫學書店（店員全以為我是醫學院學生，我做事謹慎，特意讓他們如此以為）買了一張名為《心臟之音》的CD。從前，從來沒有任何東西讓我感到如此快樂。我猜正常男女喜歡性愛，聽見因快感而發出的呻吟會感到撩撥，而我則是聽著這些破敗心臟的搏動聲才會感到興奮。各種各樣的心跳聲何其多！有好多不一樣的心跳節奏！每一種心跳的意義都不一樣！每一種心跳都好悅耳！其他疾病根本「無法聆聽」。此外，許多疾病「有味道」，我討厭這點。邊聽MP3播放器邊騎腳踏車出門蹓躂時，總是聽得欲火焚身，時不時就得停下，所以我總在晚上的時候在家裡聽。那個時期，我一度感到擔憂，因爲「我對眞實的性愛絲毫不感興趣」。心跳聲的音軌完全取代了眞實性愛。我可以戴著耳機一連自慰個好幾小時，讓淫水在雙腿間滴落，摩擦到手臂抽筋，陰蒂紅腫成一顆大葡萄般的大小。

一段時間後，我決定擺脫這些錄製的心跳聲。我幾乎快發瘋了。打從那時候開始，我每次遇到男人所做的第一件事，就是把頭倚靠在對方的胸膛，聽看看有沒有心律不整、雜音、不規則的節奏、第三心音、心房撲動，或者其他毛病。我總是問自己，綜合這些毛病的那個最完美組合的人何時才會出現呢。現在，遙想自己當年的渴望，我不禁苦笑。

＊

我可以具體說出是什麼時候失控的。苦尋無果數年後，我找到一個網站，其他同樣對心跳聲有癖好的人會在那兒分享他們的心臟。他們在聊天室中即時分享，但那兒也有個巨大的心跳聲資料庫供人下載。資料庫十分討喜，裡頭分類為正常的心跳、不正常的心跳、做運動期間的心跳、心臟雜音、異位搏動的心跳、不自然的心跳……我從不在聊天室發言，只是把這些聲音複製下來，躺在床上細細聆聽。一道快速且有規律的節奏；突然間，提早跳了一下，然後延後跳了一下（期外收縮或是心室收縮）。我還以為我之前的自慰很粗暴！我根本不曉得，我對自己色欲的極限根本一無所知。我的中指置於右邊小陰唇和陰蒂之間，死命摩蹭，直到摸到骨頭，摩蹭到骨頭發疼，有時候甚至摩蹭到出血，高潮一波接著一波襲來，不懈且巨大的高潮，持續數小時。被單濕成一片，汗水自我胸間滴落，我的皮膚總是刺痛，感覺陰唇腫脹，且極度愉悅，陰道和子宮陣陣收縮。上心室心搏過速，主動脈瓣狹窄的悅耳雜音，由過度換氣或者持續閉氣用力而引發的不齊心跳。只有勇敢的人才敢這麼做。有時候心臟會隱藏起來，跳動時幾乎聽不見聲音，或者在肋骨後方狂亂搏動，屏住呼吸便能夠止住聲響；終於再次吸入氧氣時，心臟會搖晃，像是住在一個番茄罐頭內，躁動不安；有時候跳得過慢，彷彿就快要停止。

我不接電話，去哪兒都遲到。我只會在外陰紅腫發疼（有時被我摩到破皮）剝奪快感之際，才會停手。躺臥在黑暗中，戴著耳機，聆聽心跳聲，這就是我的生活。我不會再和他人性交了，這麼做又是何必！

最後，我把其中一顆心臟挑了出來。它的心跳聲從不失誤。那段錄音的作者用基因HCM$_1$作爲暱稱，雖然不曉得他是何方神聖，每次只要一聽見他的心跳聲，我必定會認出來。錄音總是非常清晰，心跳聲每次聽起來都不同，且危險：有些處於心房纖維性顫動，有些處於冗長不止的心搏過速，有些處於奔馳節律。那顆心臟錄音的作者是個男士，有時候聽得見他的呼吸，隱約之中也聽得見他說話的聲音。我發現一個資料夾，在裡頭的錄音檔中聽見他不斷呻吟，因爲（音軌附屬的描述文字寫道）錄音期間他感到胸部疼痛。之後，我決定進入聊天室，認識他。

有好一段時間很難聯繫上他，一段對我來說過於冗長的時間，但我猜，客觀來說，這段時間其實很短。初次搭上線的一個月後，他同意和我見面。說來也怪，我倆居然住在同一座城市。就統計學的角度來說，這機率微乎其微，但倒也不是不可能，因爲我們是在特殊癖好者的國際社群邂逅的。我們決定不把這件事放在心上，決定不陷入命運的訊息或諸如此類的理論之中。我們只是盡情享受。他喜歡別人聆聽他的心臟。他病得很重，在聊天室和線上社群常吃閉門羹，人們覺得他太極端了、做得太過頭了，毀了這份遊戲的理念和其帶來的樂趣。我倆很快便拋棄虛擬世界，關在我的房內閉門不出，拿著一台錄音機、一個聽診器，讓他服用幫助他改變心跳節奏的藥物和物質。我倆都曉得結局可能爲何，但我們並不在意。

*

他的髮色之深，跟我童年所認識的那個男人一樣，還有著一樣的笑容。但他身上不只有一道疤痕，而是有三道。他的胸骨曾因手術而剖開。馬虎的觀察者大概只會看見一道疤痕，但我分辨得出來，第一條疤透明且細長，幾乎被第二條疤掩蓋。第二條疤痕是淺粉紅色的，閃閃發亮，像是用釉藥勾勒出來的。最後一道疤痕較寬，且粗暴，顏色比他的膚色還深。畫過他背部的疤痕（他曾鉅細靡遺地向我描述那個無比疼痛的步驟）非常巨大，且醜陋。腹部上的小疤痕則不顯眼，隨機散布。他的手肘內側皮膚上有片像是吸毒成癮者扎針留下的痕跡。還有另外一條短小的疤痕，頸子右側上有個深色的凹陷。痕跡何其多。他總呼吸困難，巨大的嘴唇有時會變成和他眼珠子一樣的藍色。

他的疾病聽得見。說話喘不過氣的時候，他會急促吸氣，這時聽得見；夜裡咳嗽發作，令他臉色蒼白、直打哆嗦的時候，也聽得見。他總是讓我把頭靠在他的胸上聆聽。一道正常的心跳共有兩個聲音，一開一闔。但他的心跳有四個聲音，多了一個奔馳的聲音，和一個死命使勁的聲音，聽起來不一樣，且不自然。一杯咖啡下肚後，情況更爲惡化，吸了一些古柯鹼後則會變得很嚇人。他時常昏厥，我感到既害怕又興奮，繼續用聽診器聽著他的心跳，直聽到他的心跳恢復某種正常狀態、他醒來爲止。我會倚在他的胸膛上好幾個鐘頭，之後興奮地親吻他，以幾近暴力的方式擁抱他。他的笑聲和他的放縱令我擔憂，因爲，有時候，隨著時間過去、隨著我倆愈來愈親密，我愈來愈常有個感覺，確定若我多聽個一秒鐘，我本人會更加傷害他。我會毆打他，用指甲扒開他，在他身上留下更多痕跡，這是我更接近他的方式，讓他變成更加屬於我之物的方式。我必須抑制這份欲望，克制想要打開他、把他的器官當作隱藏的獎盃把玩的私欲。最終，我甚至稍稍懲罰自己，一整天不吃飯，七十二小時不睡覺，或者走路走到雙腿抽筋……諸如此類小小的儀式，彷彿像是一個希望母親死去的女孩，因爲母親不把她想要的東西買給她——之後她感到自責，做出小小的犧牲，「我不會再罵髒話了，上帝啊，我保證，但讓我媽媽死一死吧」，然後髒話不小心脫口而出，然後夜裡，趁媽媽睡覺時跑去看躺在床上的她是否還有呼吸。

*

但我認爲最後我還是變得討厭他了。也許我打從最一開始就討厭他。就像是那個害我變得不正常的男人，那個害我生病的男人，那個坐在電視機前、拖著疲憊的陰莖和美麗的傷疤的男人，我討厭他。那個曾經毀了我的男人。我憎恨我的情人。否則有些遊戲會無法解釋。我讓他套在一個塑膠袋內快速呼吸，直到看見他的額頭濕成一片，胳膊顫抖，才停手。他的心臟一陣一陣地撞擊聽診器。他時常乞求著說「夠了」，但我總要求繼續，他也從來不會說不。有一回兒我不得不送他去醫院，醫生透過心臟復律手術（在他的胸膛上進行電擊，類似復甦術），讓他的心搏過速恢復正常。而我則把自己反鎖在手術室附近的廁所內，達到高潮時，我倒在馬桶上，發出陣陣嚎叫。我常買「芳香劑」[2]、古柯鹼、鎮定劑或酒精給他。每種物質各有其不同的效果，而他來者不拒，從來不抱怨，也不怎麼說話。我被威脅撵出公寓時，他甚至用他的存款支付房租；我從來沒再付過房租。我已經沒有電話了，我只擔心公寓是否有電，有電才能使用錄音機；有電，他過於筋疲力竭、幾近不省人事時，我才能重新聆聽我做的實驗。

就連我告訴他我感到無聊了，他也沒有提出抗議。我想親眼看看，想把我的手靠在他那不受肋骨牢籠束縛的心臟上，把跳動的心臟握在手中，握到心臟停止跳動，感受心臟瓣膜在暴露於外的狀態下死命一開一闔的節奏。他只說他也倦了。

還說我們去找一把鋸子吧。

1 達秋（Tadzio）爲德國小說家托瑪斯．曼（Thomas Mann, 1896-1954）名作《魂斷威尼斯》中的美少年。

2 芳香劑（Poppers）：娛樂性藥物，中文譯名爲「情欲芳香劑」，或簡稱「芳香劑」，於二十世紀七〇年代廣泛流通，成了一種俱樂部文化。吸入後能夠放鬆全身上下平滑肌，包括肛門和陰道處的括約肌，藥後因心跳加快所導致的眩暈感、愉悅感及其他感覺被認爲能夠增強性欲和快感。

肉

Carne

某部分的他活著，但大部分的他死了。

——吉卜林，〈吸血鬼〉

所有的電視節目、報紙、雜誌、廣播節目都想跟她倆聊聊。電視台外景車駐紮在私人精神病院外，但一無所獲。兩個少女被送去那兒住院一個多星期，出院時，電視台攝影機狂奔追著她們跑，有些攝影師纏到電線，許多人紛紛摔倒在馬路上；少女倆沒有逃，只是面帶微笑，看著一眾攝影師。事後，她們的這個笑容被描述成「駭人」且「神祕」。之後，兩人坐上瑪麗埃菈（年齡較長的那個少女）的父親駕駛的車，離開現場。兩人的父母也保持緘默，攝影機只拍攝到他們在醫院走廊上忐忑地來回踱步，只拍攝到他們懼怕的眼神，以及胡莉葉塔（年紀較小的那個）的母親提著一個裝滿衣物的行李袋，抽抽噎噎地走出家門。

少女倆保持緘默，引發了空前巨大的歇斯底里。各大報頭條都在報導這起青少年狂熱行為案件。這案件不僅在阿根廷國內引起軒然大波，也震驚全世界。國際新聞聯播網大肆報導，許多精神病學家和心理學家紛紛上節目，舉凡各大新聞媒體、八卦節目、專題節目、晚間脫口秀，清一色都在談論這樁事，廣播電台也是非這個話題不聊。胡莉葉塔和瑪麗埃菈，分別爲十六歲和十七歲，這兩個來自馬塔德羅斯區的少女是聖迪亞哥．艾斯畢納的狂熱粉絲。聖迪亞哥．艾斯畢納是個搖滾明星，出道不滿一年便走出城郊，在布宜諾斯艾利斯市中心的各大劇院和體育場舉辦演唱會，場場爆滿。娛樂報章媒體對聖迪亞哥是又愛又恨：他天才、自命不凡，是無法歸類的藝術家，是用來催眠與社會脫節的少女的商業製品，是阿根廷音樂的未來，更是個任性的白痴。艾斯畢納意爲「刺」，粉絲和酸民皆稱呼他爲「阿刺」。他推出的第二張專輯《肉》令樂評大爲驚奇。專輯共收錄十一首歌曲，讓本就兩極的評價更加分化：《肉》一方面被稱爲傑作，另一方面則被評爲自我縱容的過時作品。專輯大熱銷，唱片公司幻想要把專輯發行至全世界。聖迪亞哥．艾斯畢納是個怪咖，沒錯，他捉摸不定，幾乎從不接受採訪，但去墨西哥、智利或西班牙等國巡迴演出，替專輯做宣傳，他又怎麼能夠拒絕呢？他們只需說服他，叫他錄支影片，讓世人稍微看見他的雙眼，以及他緊實的臀部，便搞定了。

《肉》銷售一空的一個月後，整座城市貼滿了印有阿刺臉孔的海報。世人收到他失蹤的消息。他本要在歐布拉斯體育館演唱他那張超級成功的專輯，然而，演出幾天前，他卻離奇失蹤。演唱會門票售罄，粉絲（他的粉絲主要是女孩子，讓酸民感到更爲不屑）自發地在街頭群聚，一同哭泣，組織遊行。布宜諾斯艾利斯每一座廣場的紀念碑和樹木上都用膠帶貼滿了阿刺的海報，粉絲跪在海報前，以接力的方式朗誦《肉》的歌詞，吟唱得好不陶醉，彷彿對著一個垂死的神明禱告。

粉絲的絕望感染到國家內部地區的少女時，尋獲了阿刺的屍體，引發全國上下迷茫的家長前所未見的恐懼。昂斯車站附近的飯店客房內，聖迪亞哥·艾斯畢納渾身佈滿刀傷：他用剃刀和菜刀小心地把自己手臂、雙腿、腹部的皮膚割了下來。左手臂上的切口深得見骨，胸部的位置看得見胸骨。他可能在半昏迷的狀態下在自己的頸動脈劃下大膽且精準的一刀。他並沒有把自己的臉割得支離破碎。其中一個負責撬開門鎖的警察聲稱房間令他聯想到冷凍庫：當時正值嚴冬，聖迪亞哥·艾斯畢納竟然還把冷氣開著。有些陰謀論說可能有殺手犯案，但警方透露房間是從裡頭反鎖的，還找到了他的遺書，這些陰謀論不攻自破。遺書內容流傳開來，字跡的一筆一畫盡顯忐忑，再加上血跡斑斑，幾乎難以辨認。上頭寫道：「肉是食物，肉是死亡，妳們知道未來是什麼。」專家說這是臨終前的譫言妄語。女粉絲語塞，把自己反鎖在房內哭泣。她們在房裡擺放小熊玩偶、粉紅色封皮的私密日記、總是塞得太滿的背包，以及阿刺的相片，現在，死亡在他的雙眸中散發光芒，令他顯得無與倫比地帥氣。

*

全國上下本以爲阿刺自殺一事會像流行病般傳播開來，以爲少女會效仿他自殺，但最終並沒有發生。女孩回到校園，舞照跳，唯有門多薩有一起重度憂鬱的案例。少女們都把《肉》當作是偶像的遺願和遺囑，反覆聆聽，試圖在網路論壇上和冗長的電話討論裡破譯歌詞。報章媒體以頭條新聞和悼文替聖迪亞哥・艾斯畢納送行，有好長一段時間非自殺、毒品和搖滾樂的主題不談。葬禮於查卡里塔墓園舉行，到場人數比預期還少得非常多，且比預期更加哀傷，阿刺的親友在電視節目上完成送葬後，氣氛就顯得沒那麼哀痛了。聖迪亞哥・艾斯畢納一事被載入「歷史上的今天」，逝世一週年或者冥誕時，即將被人從墳裡挖出來。

沒有人料想得到有件事正在馬塔德羅斯區醞釀：兩名少女，一張遺書的相片被她們揉得皺巴巴的，音響內的《肉》從頭播放到尾，一遍又一遍。

*

瑪麗埃菈是頭幾位「刺粉」之一（媒體如此稱呼阿刺的女粉絲，她們畫著有如哀悼者的黑眼線，脖子掛著廉價的羽毛披肩，穿著豹紋長褲）。她追阿刺追了一年，夜復一夜，無論阿刺到哪演出，她一定到場。她對城郊每一班火車和公車瞭若指掌，時常在月台上度過冷冽的凌晨，冷得渾身直打哆嗦，閉著眼睛愛撫口袋內的演出曲目單。阿刺認識瑪麗埃菈，有時候（鮮少，因為他幾乎從不和觀眾交流，不會宣佈接下來演唱的曲名，甚至不跟大家道晚安）會送個小禮物給她，比方吉他撥片，或者啤酒沒喝乾淨的塑膠杯。瑪麗埃菈是在布爾薩科某個表演場地的廁所認識胡莉葉塔的。胡莉葉塔是最出名的刺粉，因爲她把偶像的名字刺在頸子上，字母串遠遠看來就像一道疤痕，彷彿她的頭是縫在脖子上。她和阿刺一起拍了張合照，相片中的兩人一臉嚴肅，沒有肢體接觸，閃光燈把兩人的眼睛閃得紅紅的。胡莉葉塔和瑪麗埃菈住的地方只相距十個街區，阿刺自殺一事將她倆緊緊聯繫在一起，關係之緊密，兩人的外表愈來愈像，就像是同居數十年的情侶，或者養寵物的獨居男女，彼此之間的神情變得一模一樣。

最終，她倆變得簡直像是同一個模子刻出來的。一天清晨，兩人試圖翻牆爬出墓園，被管理員逮個正著。管理員嚇了一大跳。「天色仍暗，我從來沒想過她們會是小偷。遠遠地看得出來她們倆是年輕的女生，但等走到她們面前，才發現她們是雙胞胎。」胡莉葉塔和瑪麗埃菈並沒有和管理員發生打鬥，兩人看起來恍恍惚惚的，任憑管理員把她們帶去辦公室。管理員認爲她們嗑了藥，猜她們在墓園裡過了夜，替阿刺守夜。

管理員和同事先前也逮過其他少女。這些少女於園區接近關閉的時間，躲在壁龕墓室的走廊或樹林後方，但從來沒有人成功陪伴偶像到天明過。墓園管理員認爲胡莉葉塔和瑪麗埃菈很走運。他斥責她們、問起家長的電話時，看到她倆渾身髒兮兮的，雙手、衣服和臉上沾滿了泥土和血液，還有一層臭氣熏天的髒汙，便打電話報了警。

當天下午，風聲走漏，被媒體得知。兩名少女用一把鏟子和雙手把聖迪亞哥・艾斯畢納的棺材掘了出來。聖迪亞哥下葬不過一個月，墳墓尚未安上大理石墓碑，否則她們很難得手。然而，掘屍只不過是個開始。胡莉葉塔和瑪麗埃菈撬開棺材，懷著虔誠之心和噁心食用聖迪亞哥．艾斯畢納的遺骸；坑洞一旁有好幾攤嘔吐物，足以證明她們費了多大工夫。其中一個員警也吐了。「她們把骨頭啃得乾乾淨淨的。」他如此告訴電視台，記者聽聞後無比震驚，從業以來第一次驚訝到啞口無言。胡莉葉塔和瑪麗埃菈被巡邏警車載至警局，那兒決定送她倆去私人醫院住院。警方說胡莉葉塔和瑪麗埃菈從頭到尾都沒哭過，也沒跟他們說話，只是交頭接耳、竊竊私語說些什麼，從頭到尾手牽著手。據傳言，醫院的人想要替她倆洗澡的時候，兩人怒氣沖沖地奮力抵抗，其中一個護士被咬了一口，還被抓破皮。院方最後不得不給她們施打鎮定劑，趁她們睡著後清潔身體。

當務之急是讓胡莉葉塔和瑪麗埃菈及兩人的家屬跟醫師談談，但所有的人守口如瓶。阿刺的家屬決定不控告胡莉葉塔和瑪麗埃菈，「讓這樁恐怖事件就此了結」。傳聞阿刺的母親依靠鎮定劑度日，已是不堪負荷。先前關於阿刺意圖自殺的說法眾說紛紜，無法得到確認；也沒找到他有任何女友，只有許多曾與他一夜春宵的情人，她們也給不出什麼情報。樂團的其他樂手拒絕與報章媒體談話，但認識他們的人聲稱他們非常震驚，尤其是感到噁心。可想而知，他們全都會永遠放棄音樂。他們與聖迪亞哥·艾斯畢納的關係從來不是很好，他們是他的員工，更貼切來說，是他的奴隸，出於野心和冷淡的仰慕，莫可奈何地接受他的隨心所欲。

刺粉們鬱悶不樂地參加電視節目的座談會，與節目主持人和心理醫生大肆辯論。她們決定不穿黑衣，而是把嘴唇塗得豔紅，身穿豹紋長褲和閃亮的T恤，指甲塗抹上紅藍綠粉紅等色彩，大字躺臥在扶手椅上。面對各種問題，她們只回答「是」或「不」，有時候還發出譏諷的笑聲。然而，其中一個粉絲被問到對那兩個把偶像吃下肚的少女有何看法時，當著衆人的面哭了起來。她以不屑的口吻大吼：「我嫉妒她們！她們懂他！」接著支支吾吾地說了些關於肉和未來的事，說胡莉葉塔和瑪麗埃菈比她們任何人都接近阿刺，說阿刺在她們的體內，在她們的血液中。有一檔特別節目提到，在賴比瑞亞，有些青少年士兵是食人族，他們相信吞食敵人的肉體可以獲得力量，還把敵人的遺骨製成項鍊。播放這個節目的頻道引來社會大衆的謾罵，被指責爲惡趣味的壞榜樣，膚淺至極。人們把戀屍癖當作國家級的變態現象，有線電視台紛紛播出《我們要活著回去！》和《生吞活剝》等節目。就連卡利托斯*也出席一場會談，被迫將他「出於需要」的食人行爲與「此瘋狂行徑」做出區分。搖滾文化和社會學的專家抽絲剝繭地分析了《肉》的歌詞；有些專家拿阿刺和邪教領袖查爾斯．曼森比較，另外一些專家對此感到震驚，指責此舉是無知且頭腦簡單的解讀方法，並把阿刺推崇到詩人和具有遠見的境地。

於此同時，胡莉葉塔和瑪麗埃菈各自待在她們位於馬塔德羅斯區的家中，相隔十個街區之遙；她們被禁止相互聯絡。兩人都輟學了。瑪麗埃菈的父親自露台上拿槍威脅電視台攝影師，媒體記者見狀紛紛退守至街角。左鄰右舍倒是願意和媒體談談，說了些料想得到的話：她們是好女孩，正處於青春期，有些叛逆，這眞是太扯了，絕對不能再發生。

許多鄰居搬了家。兩個少女的笑容凍結在他們的電視螢幕和報紙頭版上，令他們心生恐懼。

同時，刺粉們聚集在全國各地的網咖，聚在電腦螢幕前，因爲她們一個個都收到電子郵件了。沒有人能夠打包票說這些郵件是胡莉葉塔和瑪麗埃菈發的，沒有人曉得她們在禁足期間是否能夠使用網路，但每一個刺粉都知道是她們，都希望事情是如此，並滿懷妒意地保守這個祕密。郵件提及有兩個少女很快將滿十八歲，即將擺脫父母親和醫師，且將在地下室和車庫內演唱《肉》的歌曲。郵件也提到一個勢不可擋的地下教派，說「她們就是體內有阿刺的女孩」。刺粉們在臉頰上塗抹亮片，畫上黑色指甲油，嘴唇上沾染紅酒的酒漬，等待一則訊息，等待偶像再臨的日期和地點，等待禁地的地圖。她們聆聽《肉》中的最後一首歌曲（阿刺在這首歌中輕聲唱道「肚子餓的話，就吃我的身體吧，嘴巴渴的話，就喝我的雙眼吧」），夢想著未來。

* 卡利托斯（Carlos "Carlitos" Miguel Páez Rodríguez, 1953-）：年輕時爲烏拉圭橄欖球隊隊員。一九七二年十月十三日，球隊乘坐軍機飛往智利參加比賽，在安地斯山脈遇上亂流，偏離航線撞山，機上四十五人中，十七人當場死亡，史稱安地斯空難。由於失事太偏僻，再加上氣溫達零下四十度，十分寒冷，有些人因失溫或遇上雪崩而死。生還者等待救援隊到來的期間，卻從廣播得知救援隊已停止搜索，生還者只好以死者屍體充飢。這起空難最終共計十六人倖存，卡利托斯·帕斯·羅德利格正是其中一人。

不拍攝慶生派對，
也不拍攝受洗儀式

Ni cumpleaños ni bautismos

他總在附近出沒。沒人知道是誰邀請他的，但他總熟門熟路地出現在派對上。那年夏天我跟他交了朋友。我的朋友都決定變成白痴的那個夏天，或者我決定開始討厭朋友的那個夏天。

他與衆不同，跟我一樣從不睡覺。我倆都是夜貓子，進而聯繫在一起。最一開始我們是在清晨四點鐘冷清的聊天室偶然相遇，這時間點，我倆的暱稱總會出現在螢幕上，這時間點只有我們醒著，還有心情聊天。我們的化名是「澤德」和「瘋女簡」。他選了一個他崇拜的紐約地下電影傳奇導演的姓氏作爲暱稱，雖然他根本沒看過那導演的電影。我選的暱稱則是出自葉慈的詩。我認爲我倆之所以成爲朋友，單純只是因爲他一眼就認出瘋女簡指的是何人，而我也馬上說得出誰是澤德。

之後我們在酒吧約會。我倆都討厭那些酒醉嘔吐、大出洋相或是慘兮兮告解的人，於是我們靜靜地喝著威士忌，大肆批評店內的其他人。我從沒認識菸像他抽得那麼凶的人：他一個晚上就能抽掉整整三包菸。

尼可（澤德的眞名）學過十五分鐘的電影，然後就厭倦了電影學的一切。但多虧有份荒謬的工作（遛狗），他攢下錢買了一台攝影機。那年夏天，他才終於想到能拿攝影機做些什麼。有次在酒吧聊天的時候，某個很鳥的樂團正在表演（那年夏天的一切我們都覺得糟糕透頂），尼可想到一個用攝影機賺錢的方法。

隔週一，報紙上登了他買的廣告：「尼可拉斯，怪奇影片拍攝。我不拍攝慶生派對、受洗儀式或家庭派對。本服務適合偷窺狂。我不做違法的勾當，也不替戴綠帽的人夫搜集證據。意者請電洽……」我跟他說才不會有人聯絡他，搞不好人們根本看不懂這則廣告想要說些什麼。他回說，心理不正常的人或怪人會懂的。他確定。而且他言之有理。

*

接到頭幾份委託時，尼可沒有通知我，但他一拍好影片，便打了電話給我。我倆關在他的套房公寓內觀看那些影片。套房內有兩座書架，架上擺滿了錄影帶和DVD，以字母順序排列，整齊得一絲不苟。架上還有一大疊書，書的每一頁都有好幾個段落畫線標記。屋裡煙霧瀰漫，正常人來到這兒會窒息而死。但他每抽三包菸，我也抽了兩包。我試著把一天的菸量減少為十枝，但一切努力變得徒勞。那年夏天，我的意志力煙消雲散，連一些無比簡單的目標也無法達成，比方在晚上睡覺，或者一天至少進食兩次。由於獨居的緣故，我陷入憂鬱的時候也沒人能提醒我，或者鼓舞我的情緒。這是幾年來最棒的事。

大多數影片都是一對男女在打炮。奇怪的是沒有人（或者幾乎沒有人）要求尼可保證不會保留備份。我猜這個要求太過分了，此外，他們也無法控制他，或是不在意。尼可向我解釋，這些客戶簡直把他當作色情片導演，有人拍攝的時候，他們更加欲火焚身——他們不想自己拍所謂的「素人」影片，自己拍就像是洩露了情侶夫妻間的私事，交由別人來拍就是另一回事了，病態就病態在這。尼可給我看了好幾段影片，全都索然無味。看人打炮很無趣。尼可和我都無法理解爲什麼色情片會是一門可以發大財的生意。

另外一段影片拍的是穿高跟鞋在街道上行走的女人。販賣主題性癖好影片的情趣用品店那兒難道就搞不到這種玩意兒嗎？事情是這樣的——尼可對我解釋——可能有穿高跟鞋的女人的影片吧，那還用說，但那些傢伙要求他拍攝在市區特定街道上行走的女人：他們不想要不知名散步路徑上的普通高跟鞋。還有另外一段影片，恰好正是在市區的一段漫遊，委託他拍攝的人是個患有恐懼症的女孩，長達六個月之久無法踏出家門一步。尼可說，交付影片時，那女孩抱著他大哭了一場。他說他從來沒見過膚色如此蒼白的人。

「有趣的要登場了。」他接著說，在光碟機上放了一張他用黑色簽字筆寫上「女孩們」的CD：有個男子僱用他拍攝戶外的女孩，比方廣場、街道、校園。男子只想要六歲以上、十二歲以下的女孩，還指定只要金髮。尼可不問原因或目的，但倒也不難想像。他必須坐在廣場的長凳上，把攝影機擺在膝蓋上，假裝正在等人。攝影機就這麼開著，他試著偷偷聚焦在玩耍的女孩身上。尼可沒有爲拍攝服務訂定固定的價碼（一般來說，他會跟客戶談價），但那個所謂的戀童癖男子出價三千披索時，他也不感意外。事實上，男子說出打算支付的報酬數字時，尼可便確信那人是戀童癖。

尼可說，交付影片後的隔天，男子又打了電話來，言語中透露出不滿意。起初男子不曉得該如何向尼可說明原因，或者沒辦法解釋爲什麼不滿意，最終，幾經拐彎抹角，他說只是因爲影片拍到的女孩肌膚不夠多。尼可說他應該有辦法解決，請對方信任他，而男子承諾，若結果令人滿意，將付給雙倍的報酬。我倆一起看了新拍的影片。尼可選了一間俱樂部的溫水游泳池，參觀了一堂給六至九歲的小女孩上的游泳課。那是一間位於北巴里奧區的俱樂部，那兒的金髮女童可多了。水氣蒸騰，女孩在池子邊跑來跑去，鏡頭拉近，畫面放大。女孩的泳衣濕答答的，緊貼在陰部上，水珠沿著她們的小屁屁滑過，滴落在胯下。其中一個女孩正在輕撫另外一個女孩的頭髮，另外一個女孩突然感到孩童間的情愛，熱情地親吻朋友，接著把頭倚靠在對方肩上。水池中看得見幾雙腿正在打水，小屁屁在起伏的池水中愈離愈遠；泳池邊，幾個女童正在調整泳衣，肩帶掉下來了，平坦的胸部幾乎就要裸露出來。

「他看了以後喜歡嗎？」我問。

尼可微微笑了笑，說他收到六千披索，外加五百披索的小費。

*

某個天寒地凍的糟糕傍晚，我正試著讀一門無趣乏味的科目時，尼可打了電話來。從他的語調，我猜是跟他的工作有關的急事；唯有講到工作的事，他說話才會聽起來開心。

他說兩天前有個女人打電話聯絡他。女人在電話中不願多解釋，但他也不覺得奇怪，反正每次收到拍攝情色影片的委託都是這樣。他不抱著什麼期待，到了女人家，旋即明白自己的直覺是錯的。那個女人身上有個什麼，她駝著背，化了一絲不苟但誇張的妝，掩蓋不住睡眠不足的事實和黑眼圈。尤其是因爲女人問他要不要喝茶。尼可說，性愛成癮的人從來不泡茶，只喝咖啡，晚上則會喝一杯紅酒。

女人氣定神閒地說明她想要什麼，語氣像是在說教。尼可猜女人是老師，不只是因爲她述說事情的方式像老師，也因爲雖然她不斷扭絞著雙手、試著忍著不哭，但她看著尼可染了色的頭髮，眼神帶有責難的意味，講著講著還暫停一會兒，困惑地看著尼可搽的黑色指甲油。

女人解釋，她的女兒看見了幻覺。不久前的事。女兒老是說看得見某些東西，而女人並不相信。她的女兒瑪瑟拉向來正常，害羞歸害羞，但正常。女兒的朋友不多，尤其家裡近幾年數次搬家，她也沒時間交朋友。

她們試過精神治療，但成效不彰。女人深感絕望。女孩拒絕接受所見的幻覺不是眞實之物。沒人能夠說服她事情並非如此。因此，女人的丈夫有個想法（尼可曉得丈夫的事是騙人的。任何男人都不會邀請陌生人一同見證自己的女兒變得多麼毛骨悚然；此外，出於某種原因，兩人談話時丈夫並不在場），想要趁女兒產生幻覺的時候拍下她，事後給她看影片，藉此證明她獨自一人對著牆壁吼叫。影片必須以錄影帶格式錄製，因爲瑪瑟拉的疑心很重，如果用的是更現代且更複雜的格式，她會說他們修片造假欺騙她。這不成問題，尼可有設備。他回答說沒問題、可以拍攝，女人用堅決的眼神看了他一眼，試著掩飾心中的激動，並有些隆重地邀請他上樓到女兒的房間。

尼可承認本來期待會見到別的畫面，比方一個被五花大綁在床鋪上的女孩，或是一個嗑了藥的女孩，甚至一間鋪滿軟墊的房間。然而，瑪瑟拉只是穿著一件寬鬆的套頭毛衣，顯然是男人的尺寸，不過是乾燥玫瑰色的，還穿著一條比她的尺寸大上三號的牛仔褲，根本看不出來身材是胖或瘦，此外，她還剃了光頭。母親稍早解釋，打從瑪瑟拉產生幻覺，她便有規律地把自己的頭髮慢慢扯下來，而且這麼做已經有好長一段時間，因此替她把頭髮剃光不失爲最爲明智的決定。瑪瑟拉的臉頰上有一道細細的疤痕，看上去幾乎像是一條銀色的線。房間內，一件胸罩扔在床鋪上，好幾個洋娃娃比肩坐在木頭架子上，有一台關著的電視機，數張瑪瑟拉的相片，有些裱了框，另外一些則用圖釘釘在牆面。在這些相片中，瑪瑟拉戴著一頂藍色羊毛圓帽站在雪中，或者接過畢業證書，或者站在祭壇前，或者神色驚恐地接受她的第一場聖餐儀式。此刻，瑪瑟拉並沒有產生幻覺。母親先行離開，讓尼可和瑪瑟拉獨處，她湊了上來。尼可說瑪瑟拉身上噴了廉價過時的香水，令他想起阿姨或媽媽身上的那種氣味。瑪瑟拉低聲對他說：「我知道她帶你來有什麼目的，走著瞧吧，你會知道我說的都是眞的，我從來不說謊。」語畢，她對尼可微微笑，尼可便全都相信了。過了一會兒後，瑪瑟拉湊到他身旁，替他點菸。一陣氣味撲鼻而來，瑪瑟拉擦的那個老處女香水所試圖掩蓋的氣味。那氣味在瑪瑟拉的手上，她的雙手散發出的臭味有如陰道的液體、鮮血、性愛，以及曝曬在陽光下腐敗的死魚。

*

這天，瑪瑟拉並沒有產生幻覺。瑪瑟拉的母親問尼可有沒有手機。尼可當然有，她正是打手機號碼聯絡他的，那也是廣告上刊登的號碼。母親有些承受不住了，可憐。總而言之，她之所以這麼問，是想知道接下來幾天是否可以把尼可包下來。尼可允諾不會接其他工作，但要求提高報酬。隔天，我倆在他的公寓套房內一起等待瑪瑟拉的母親來電。我們把手機擺在床鋪上，眼睛死死盯著手機，彷彿我們最愛的人遭人綁架，而我們正在等待綁匪聯絡。我們試著檢視蛛絲馬跡，重建瑪瑟拉的故事。天主教學校，自童年時期產生幻覺，某件關於宗教／禁忌／性愛的事，導致她強迫性手淫。自殘：我認爲瑪瑟拉總穿襯衫、套頭毛衣或者長袖T恤，是因爲她連自己的臉都弄傷了，怎麼會放過身體。我們覺得瑪瑟拉是個情感強烈的人；我認爲我倆嫉妒她。她與衆不同，跟所有我們鄙視或我們躲避的人不同，那些人與「神祕」二字八竿子打不著關係，只有無趣的麻煩，和怯懦。我們回到瑪瑟拉母親所述的故事。我們猜瑪瑟拉是獨生女，但沒有門路證實。我們還押錢賭她是處女。

傍晚七點，瑪瑟拉的母親打了電話給尼可。我知道自己沒辦法陪他過去。他花了三個鐘頭從各種角度拍攝瑪瑟拉，這段漫長的時間裡，我精神緊繃，幾乎無法承受。事後，我倆一起觀看影片，看著瑪瑟拉頂著剃個精光的頭不斷撞擊牆壁，看她拉扯那件寬大的套頭毛衣（而且她的手臂上滿是傷疤，看起來就像是一張地圖，或一面蜘蛛網），最後，她面朝下，手指插入陰道和屁股內，不斷大喊著說「夠了、不要」。影帶播放完畢，螢幕上再次出現灰、白、黑色的條紋，我倆陷入沉默。尼可坦白說他一度期待並希望瑪瑟拉所見之物會出現在影帶上，他相信那些事是有可能的。他多麼希望是眞的，或至少可能發生。

*

瑪瑟拉拒絕相信影片中出現的人只有她自己。她母親說，瑪瑟拉看過影片後，情緒難以安撫。這次她沒問尼可要不要喝茶，只說瑪瑟拉希望他再拍攝一次，她無法拒絕，但已經沒有錢可付給他。尼可說願意免費拍攝，瑪瑟拉的母親看起來一副理所當然的模樣。

尼可第一次拍攝瑪瑟拉的時候，瑪瑟拉一脫下褲子，她母親便拔腿跑離現場。手淫過後，瑪瑟拉全身上下一絲不掛，爬上床鋪睡覺。雖然身上滿佈傷疤，但她的身體依舊很美。尼可拍攝睡著的瑪瑟拉，交付影帶前偷偷把這段畫面剪了下來。瑪瑟拉的腹部平坦，上頭幾乎沒有疤痕，胸部尖尖的，沒有乳頭（切除了），隨著心跳微微震動著，柔軟的大腿上佈滿金色的細毛，唯有幾道看上去像是縫合的粗暴疤痕，中斷了肌膚的光潤。她的雙臂割得支離破碎，傷疤交織出離奇的網格。

鏡頭在瑪瑟拉赤裸的肉體上定格了半個多鐘頭。尼可說他好想在瑪瑟拉身旁躺下，但他忍住了。反之，他茫然地離開房間，尋找瑪瑟拉的母親。他害羞地敲了房間的門，透過門縫看見瑪瑟拉的母親躺在雙人大床上。母親起身，整理了一下情緒，然後打開大門送尼可離開，但沒對他說半句話，甚至沒看著他的眼睛。尼可說會盡快把影片送來，但就連這麼說的時候也沒有得到對方的回應。

再下一次拜訪，招呼他的是瑪瑟拉的父親。我想像父親是個害羞的男子，一個懦夫。然而，尼可跟我說，出於某種原因，他當下覺得那父親是警察或軍人。我倆都猜錯了，瑪瑟拉的父親是個平庸的物理治療師。他似乎比他太太更願意敞開心扉談談。他替尼可端來咖啡，用手撫過蒼蒼白髮，娓娓道來，提供了更多細節，雖然這些事肯定是錯的，但也很珍貴。瑪瑟拉向來想像力豐富，他感到內疚，覺得是自己激勵了她盡情想像。瑪瑟拉從前總是和看不見的朋友一起玩耍，這原本不成什麼問題，但上了高中後，瑪瑟拉變得愈來愈孤僻，不願參加派對，也不想在同學家過夜，不想去跳舞，更別提認識其他男孩子了。父親自認是個開明的老爸，以爲只不過是某個階段的狀況，讓瑪瑟拉自己度過就好。畢竟，從前瑪瑟拉在學校裡過得很好。更嚴重的問題是一年前發生的，他想不到是什麼事情觸發的，想不到有什麼創傷性的事件足以解釋這一切。對他而言，女兒的危機是個謎團。

尼可告訴我，瑪瑟拉的父母對於被切除的乳頭或手淫都隻字未提，彷彿談論的是在女兒的床頭小几上找到大麻捲菸那般沒那麼嚴重的問題。新的影片的尾聲也是一大段對於瑪瑟拉削瘦且遍體鱗傷的身體的探索。與前一支影片一樣，攝影機並沒有捕捉到她產生幻覺時聲稱看見的那個存在。

*

沒有新的影片，倒是有新的來電。事情發展到這個地步，開車兜風時，尼可順便帶我自車上看了瑪瑟拉的家。屋子有著風格簡單的正面、車庫、側門和寬敞的窗戶，看得見幾道磚牆及一些木頭的結構。打電話來的人是瑪瑟拉的父親：尼可認爲她母親正在面對她自己的精神危機。父親說瑪瑟拉不想再繼續接受拍攝，但想要和尼可聊聊。

父親說的不多。他請尼可坐下。這天是秋末一個詭異的日子，天氣潮濕，幾乎可說是炎熱。瑪瑟拉第一次沒穿長袖現身，看得見她身上的傷疤。那些疤痕並不醜，而是出奇地對稱，彷彿她把皮膚當作畫布，或者像是一塊用雕刀刻出來的木板。她的頭髮長出來了，一片金色的茸毛在電燈（她從不把百葉窗拉起來）的人造光線下閃閃發亮。電視機依舊關著，尼可先前看過的童年相片不見了。

瑪瑟拉說話很慢，說起話來很害羞，不看著他，但態度堅決，像是必須解決一件緊急且不太愉悅的事。她告訴尼可，說他是唯一相信她的人，只可惜他看不見那東西。她原本以為尼可就是那個人、被選中的人，但她搞錯了。她說她也不想對自己做這些事，但最近她就是忍不住。她想要看錄下她赤裸身體的影片。聽到瑪瑟拉這麼說，尼可嚇了一大跳，一度考慮拜託她不要把偷拍她裸體的事告訴她爸媽。但瑪瑟拉安撫他：她不介意，她只想看看自己。

「我從來沒看過我自己的身體。」瑪瑟拉解釋道，「我都是閉著眼睛洗澡的，都是閉著眼睛換衣服的。」

「那妳自殘的時候呢……？」

「我沒有自殘。是他在傷害我。趁我睡覺的時候。」

之後，瑪瑟拉請尼可離開，因為她有事要做。這時，尼可決定永遠不要給她看那段影片，決定永遠不要回來這間屋子。

我倆幾乎沒再談論過瑪瑟拉的事。我認為尼可愛上瑪瑟拉了，而且他是個懦夫，不試著再見她一面，但換作是我，我可能也會這麼做。我們不再頻繁碰面：在一起的時候，就像是瑪瑟拉也在一起，我倆都不希望一絲不掛且遍體鱗傷的她縈繞在我們身邊不去。我重新和以前的朋友混在一起，但我什麼也沒告訴他們。對某些朋友還是必須保持忠誠。我和尼可已經不那麼常在網路上聊天了，有次我問他是否仍留著那些影片。他回答說留著，並問我想要那些影片嗎。我說不想。他向我保證，當天晚上就會把影片扔了。我不知道他是否眞的這麼做了。

我從來沒問過他。

孩子們回來了

Chicos que vuelven

梅琪剛到發展交流中心工作時，本以爲永遠不會習慣頭頂上傳來的震動。辦公室位於查卡布科公園，處於高速公路底下，震動持續不斷，一種悶沉的噪音，融合了飛速行經的車輛、柏油路面接合處的震動以及樑柱的費力支撐。那噪音乍聽之下像是心跳聲，而她人在正下方，與兩名同事共用一間方方正正的辦公室。同事名爲葛蕾希菈和瑪莉亞．勞菈，經驗遠比她豐富，負責接待民衆。梅琪不曉得如何接待，也不想負責這份差事。轉眼幾個月過去，她習慣了頭頂上的高速公路，甚至分辨得出不同的車種。舉例來說：大卡車駛過的時候，天花板就好似遭錘子敲擊，彷彿有個巨人在辦公室上頭行走；公車經過時會傳來一道緩慢的呼嘯，普通汽車只會傳來陣陣輕微的隆隆聲。交通的韻律伴隨她工作，令她感覺身處密閉空間，不知怎麼搞的，居然幫助她專注在工作上。

梅琪的工作很寂靜，讓她與世隔絕。她負責維護並更新布宜諾斯艾利斯市走失及失蹤孩童的檔案夾。檔案夾置於辦公室最大的檔案櫃裡。她的辦公室是「孩童暨青少年權利委員會」的一部分。就連梅琪也還不是很清楚她所隸屬的委員會、中心和機構之間的官僚體系爲何，有時候她不是很清楚自己是在什麼人底下做事。然而，從前她在市政府當了十年的職員，這還是她頭一遭喜歡自己的工作。打從將近兩年前就職後，她整理的檔案夾獲得極高的讚譽——雖然這個檔案夾只有文件的價值就是了。真正重要的卷宗，那些能夠讓警方和檢察官動起來、追查失蹤孩童的線索的卷宗，存放在警察局和檢察署。梅琪負責的檔案夾較沒用處，像是一份不斷擴增的報告書，無法讓人採取任何實際行動。沒錯，這份檔案夾人人都可以調閱，有時候失蹤孩童的家屬會來檢閱檔案，看看能否發現某個懸而未解的蛛絲馬跡，好解開謎團，找到失蹤孩子的下落。或者，他們會回來增添新的疑點、新的細節。家屬之中有一群絕望的人，用辦公室的行話來說，叫作「親屬綁架的受害人」，指的是雙親之一的配偶或伴侶帶著兩人的小寶寶遠走高飛了。一般來說，離家出走的都是孩子的媽。孩子的父親常常心煩意亂地來到辦公室。對他們而言，時間至關重要，因爲小嬰兒的外貌改變得非常快，具有個人特色的五官特徵出現後、頭髮長長了以後、眼瞳的顏色定下來後，那個凍結在尋人啟事相片中的小嬰兒將會澈底消失。

打從梅琪經手整理檔案夾以來，沒有任何一個遭父親或母親綁架的孩童現身。她的運氣很好，毋需親自面對這些失蹤孩童的家屬。家屬來到辦公室借閱檔案夾時，葛蕾希菈或瑪莉亞·勞菈會請她去把檔案找出來，然後她倆再把檔案轉交給家屬。若親屬來到辦公室提供新的情報，她們也是比照處理。親屬會把資料留給葛蕾希菈或瑪莉亞．勞菈，或者以口頭告知，之後她倆再轉交給梅琪，梅琪再把資料加入檔案夾——更確切來說，是加入檔案夾群裡，包含一個數位檔案夾和一個紙本檔案夾。有時候，尤其是葛蕾希菈或瑪莉亞．勞菈被家屬纏住，進行冗長的個別談話，或者她倆外出用餐耽擱的時候，梅琪會打開檔案夾，幻想那些失蹤孩童的際遇。她甚至把已解決的案件——那些已現身的孩童，分開保存在另一個檔案箱裡。尋獲的孩子幾乎都是青少年，一般來說都是女孩。她們告知家人說要出去跳舞，就再也沒回家了。比方潔西卡，她住在維亞盧加諾區，皮德拉布埃納大道與奇拉維特上校街的交岔口。根據相片，她家是一棟矮房，房屋正面蒙上了一層骯髒的白色，從外表看不出裡頭的狀況。六個孩子，一個單親媽媽。潔西卡的房間，磚頭裸露在外，沒有塗抹灰漿，一張泡棉床墊擱在木板上（嚴格來說，她沒有床），屬於她的那面牆（她和兩個弟弟共用房間）貼了數張她的英雄吉爾的相片作爲裝飾。有從雜誌上撕下的相片，或者稱得上還算完整的海報，上頭蓋滿了粉紅色的唇印，以及用紅色簽字筆寫的「愛你」。潔西卡總和其他少女在南美廣場廝混。南美廣場不久前剛重新整建，裝設了新的鐵長凳（在上頭坐太久會不舒服，要是在那兒睡覺，就更糟了），還配置了警察巡邏隊。人們說潔西卡是個乖女孩，從來沒有被逮到偷抽菸過。然而，某天她逃家了，她的家人絕望地跑遍整個社區，四處張貼印有潔西卡相片的A4尋人啟事，尤其特別把傳單留在私人出租車行，因爲跑車的司機什麼人都認識。兩個月後，潔西卡出現了。逃家那天她和媽媽發生口角，媽媽扯開嗓門對她吼道：「妳再這樣，我就把妳送去里瓦達維亞海軍准將城。」潔西卡的爸爸就住在那兒。事後，潔西卡便離家出走，在另外一個少女家住了下來。潔西卡現身後，梅琪盯著她的相片——相片中的潔西卡有著染成紫紅色的劉海，畫了黑色眼線，塗了唇彩，戴著一對高音譜號形狀的耳環——心想她應該告訴這個年僅十四歲的女孩，里瓦達維亞海軍准將城肯定比盧加諾區好上許多，搞不好她老爸能夠幫她買個看起來不像是巨大海綿的床。然而，潔西卡想要留在首都，因爲這樣她才能夠抽空去吉爾的演唱會，更何況吉爾從來不去巴塔哥尼亞演出。

和潔西卡一樣的少女何其多，但大多數失蹤孩子都是青春期的少女。她們通常都跟某個年紀比較大的傢伙一起蹺家，或者不小心搞大了肚子，嚇得驚慌失措，或者爲了逃離她們的酒鬼老爸、在半夜強姦她們的繼父、夜裡在她們背後看著她們手淫的哥哥。她們通常會跑去夜店，喝個爛醉，然後消失個二、三天，害怕回家。也有一些發瘋的少女，決定停止服藥的那天下午，她們會聽見腦子裡發出「喀」的一聲。以及那些遭擄的少女、被綁架的少女，她們消失在賣淫圈中，永遠不再出現，或者死了才被發現，或者早被綁匪撕票，或者在巴拉圭邊境自殺，或者在馬德普拉塔的某間旅社內遭人分屍。

*

梅琪認爲她之所以仔細維護檔案夾且認眞看待失蹤孩童的事，皆與貝德羅有關。貝德羅是她爲數不多的朋友之一。她是約莫五年前認識貝德羅的，當時她仍在市中心工作，在一間鄰近五月廣場的辦公室上班。市中心常有示威活動，某場抗議遊行以鎮壓收尾時，警笛聲、尖叫聲、催淚瓦斯的刺鼻氣味傳到她窗前時，她經常從窗邊看著示威人群消磨時間，這也幾乎算是她唯一的娛樂，而且是唯一令她感到熱血澎湃的事。有時傍晚下班後，梅琪會先喝杯啤酒再回公寓。她不是很喜歡任何一間酒吧。下班時間，傍晚六點鐘左右，酒吧內滿是年輕的經理、薪資優渥的行政職員、身穿昂貴服飾的女祕書。下班後他們會點進口啤酒來喝，試著勾起他人的注意，試著邂逅彼此，可能的話，試著討彼此歡心，約對方上床。從來沒有人試著找梅琪聊天。她的身材太瘦太矮，夏天的時候常穿厚底高跟長靴，從來不化妝。她是個怪人。她也不期待哪個身穿西裝、用香噴噴的刮鬍泡刮過鬍子的男人會邀她喝一杯鬣蜥牌啤酒；她輕易接受現實，通常也不為此感到煩惱。那些酒吧並不是她的歸宿，但日落時分，她喜歡在微醺的狀態下沿著大道步行回家。對她來說，忽略身邊發生的事何其簡單；有時，她甚至隨身攜帶一本書，這麼做會吸引他人的目光，但從來沒有人特別費心問她正在讀什麼。閱讀幫助她不去聆聽其他辦公室職員的談話。他們都在聊些什麼，她根本不感興趣。

一天傍晚，她認識了貝德羅。酒吧客滿，貝德羅問她可不可以共桌，把她自她的離群索居拉了出來。貝德羅很健談，根本不必開口問他問題。他說他是記者，在附近的報社上班，專跑刑事案件，傍晚鮮少離開新聞編輯室跑來喝啤酒（他通常晚上十點下班），但這天行程忙亂，他需要整理一下思緒。他跟梅琪要了電話號碼。梅琪沒有過多的期待，把號碼給了他。貝德羅的神情忐忑，舉止迷人，留了些許鬍鬚，有雙深色的大眼。像他這種男人很少會對她感興趣。

然而，隔天晚上，貝德羅打了電話給梅琪，約她去另外一家酒吧喝啤酒。不一樣的酒吧，比較便宜，離那些辦公室職員的圈子遠遠的，又約她到公寓續攤小酌。梅琪至今仍記得他的公寓。廚房旁的洗衣間有個貓砂盆，裡頭的貓屎積到快滿出來，貝德羅不該好幾週才鏟一次貓屎。擺在角落的書本，優美的石頭陽台，擺在桌上的電腦，一張由艾爾．帕西諾主演的電影《熱天午後》的復古海報。兩人坐在沙發上喝啤酒，酒還沒喝完便搞到床上去了。所謂的床是一張扔在地板的床墊，床頭旁擺了一個鬧鐘，一個隨手搆得到、塞滿菸屁股的菸灰缸，以及幾條白色被單，用了太久，以至於被單中央看起來灰灰的。梅琪並不享受與貝德羅的性愛。出於某種原因，床笫之間她無法專心，全程都在觀察衣櫥門的樣式細節，以及夜空。貝德羅的貓咪自半開的門探頭進來，瞪著好奇的眼睛。從床上看得見窗戶，被對街的公寓照得光亮。她裝出一副很享受的模樣，因爲貝德羅好似搞得很爽，必要時，她時而無比激情，時而溫柔似水。梅琪深深地吻了貝德羅，愛撫他的後背，但貝德羅意圖拿第二個保險套時，梅琪溫柔地打斷他，親吻他的臉頰，要他給一枝菸。兩人一路抽菸抽到清晨；貝德羅吸了點古柯鹼（梅琪不想吸），講述了某些他遇過最駭人聽聞的案件的細節。他直言他喜歡梅琪不會對這些細節感到噁心或震驚。梅琪解釋，她害怕聽犯罪事件的故事，但倒也聽得開心。天色就要破曉之際，她離開貝德羅的公寓，心裡確信他倆不會再上床了。她想的沒有錯，但她看錯了貝德羅，以爲他不會再有聯絡。貝德羅想要繼續和她見面，卻不堅持找她上床。重逢的第一個夜晚，兩人攤牌，把一直以來不願大聲說出的話講明：他們沒那麼喜歡彼此，打從上床前就知道這一點，但他們仍想嘗試看看，因爲兩人都單身，都幻想過這段邂逅能夠成爲——至少能夠成爲——一段陪伴的開端。簡單來說，兩人沒有墜入愛河的親密，反而誕生了一段時刻陪伴的友誼。起初，梅琪常打電話給貝德羅，評論他所撰寫的報導，貝德羅則會告訴梅琪她感興趣的案件有什麼進展。時間一年一年過去，兩人對彼此傾訴了許多心事，比方從前挫敗的感情，或者一般來說轉眼雲煙的小小希望。貝德羅換女友換得很勤，而梅琪變得更加孤獨。兩人老愛發牢騷，但他倆都曉得他們比較喜歡單身。

最近這幾年，貝德羅轉換跑道，不再專跑刑事案件。追蹤黑幫犯罪這麼多年，他感到疲倦，且有些害怕，便轉而調查青少年失蹤事件，特別是失蹤女孩的案件。最終，他追查到未成年孩童人口販運網絡和一些人物，這些人既卑劣又可怕，絲毫不亞於販毒集團的殺手。然而，這些失蹤的女孩（特別是少女，雖然他也調查男孩子的失蹤案）的可怕際遇中有個什麼，促使他寫下特別報導，長篇大論、鉅細靡遺，引起社會大眾廣泛討論。報社上司紛紛恭喜他，甚至還替他加薪。

幾乎像是一種奇怪的巧合，貝德羅深入鄉下的妓院和黑暗的警局尋找失蹤少女時，梅琪恰巧被找去孩童暨青少年權利委員會上班，接手打理失蹤孩童的檔案夾。她馬上接下這份工作，並調查該跑什麼手續好正式進入委員會工作。之後，她做的第一件事就是打電話給貝德羅。貝德羅對她換工作的消息感到很高興，驚呼連連，說了好幾次「我眞不敢相信」，搞得她一時之間不知所措。貝德羅頻繁拜訪梅琪，檔案夾也終於有了排序的戳章，再加上梅琪的全心投入，對貝德羅而言成了非參考不可的資料。梅琪來到這兒上班之前，檔案夾是成堆雜亂無章的紙張，除了那些可憐絕望的家屬外，沒有人會多看一眼。不出三個月——根據貝德羅的說法，檔案夾成了一件瑰寶。

「笨蛋，這根本是砂金。」他總如此對梅琪說，翻閱著檔案，把需要的資料抄進筆記本。「我總是向檢察官提到妳，妳必須認識她。她是女同志，抽黑色的香菸，可怕的嗓音很有男子氣概，頭髮染得很糟糕。妳不曉得有多難看喔！改天我們一起吃個早餐，好嗎？」

貝德羅的提議從來沒有兌現，因爲從來沒有哪次早餐時間他是醒著的，此外，他至少每十五天出差一次，循線追查綁架少女的歹徒。在梅琪的檔案夾和貝德羅的調查的協助下，警方已經逮到一個販運女人和青少年的人口販子首腦。那人是米西奧內斯省人，以波薩達斯爲據點，有許多通往巴西和巴拉圭的逃亡路徑，觸手伸及大布宜諾斯艾利斯省的南部。男子被送上法庭審判，諸多駭人聽聞的證據細節一一攤在陽光下，曾遭他綁架的女孩則接受訪問。某些女孩曾住在巴勒莫區，被塞在單間套房公寓內，不准外出上街，有個女人負責看守，替她們張羅食物和生活必需品。經過囚禁後，女孩個個皮膚蒼白，嘴唇龜裂。至於貝德羅，他成了電視上的大明星，參加座談會，上新聞節目，甚至還上了有線電視台的節目。名聲如日中天時，他買了十幾件西裝外套和白襯衫。梅琪心想，對男人而言，成名和上電視還眞是容易，只要穿上不同的西裝外套出席，必然可以風度翩翩地出鏡；若換作是她，打個比方，她八成必須買十二套不同的洋裝。訪問中的貝德羅態度誠懇且大方，多次提及梅琪的名字，說她交叉比對資料，破解了賣淫網絡組織架構的一大部分；貝德羅也多次提及孩童暨青少年權利委員會的檔案夾是破案的重要關鍵。然而，沒有半個人打電話聯絡梅琪，沒有人邀她上電視聊聊她的檔案夾中的孩童，只有幾家報紙採訪了她，撰寫了幾篇文章。她在查卡布科公園的辦公室見了幾名記者。高速公路那兒傳來的單調噪音充斥在辦公室內，令來者議論紛紛。梅琪說在這裡工作一陣子之後就會習慣了，但此話非真，記者露出假惺惺的笑容，看得出來也不相信。「至少妳附近有公園。」他們說。梅琪不得不承認公園算是對頭頂上高速公路傳來的隆隆聲的一種補償。有時候她會利用午餐時間到公園逛一圈，時常坐在長凳上把三明治快速吞下肚；要是沒有帶便當的話，她會找間酒吧用餐，再稍微散個步。她特別喜歡鄰近地鐵站那帶，那兒有座小小的玫瑰花園，裡頭有板凳、涼亭、步道，好不浪漫，試圖營造出優雅寥落的氛圍，但高速公路車水馬龍，再加上裡頭有數根橡膠樹造型的石柱，奇醜無比，毀了一切。有時候梅琪會隨身攜帶幾個資料夾，複習失蹤孩童的姓名和情況，讀著讀著，想像起他們的遭遇。她覺得很奇怪，失蹤孩童家屬所選擇的相片——通常跟尋人啟事和傳單上的是同一張，畫質幾乎總是糟糕到不行。孩子們總是被拍得很醜，鏡頭要麼從非常近的距離拍攝他們的臉，害臉孔變形，要麼就是離得老遠，把他們拍得模糊不清。他們站在光線不充足的環境，表情詭異。幾乎從來沒有哪個失蹤者被拍得很好看。

除了凡娜迪絲。凡娜迪絲，好個奇特的名字。梅琪查了百科全書：凡娜迪絲是北歐神話中的女神芙蕾雅的別名，是青春女神、愛神、美神，也是亡者之神。凡娜迪絲於十四歲那年失蹤，放眼梅琪的檔案夾，就只有她眞的長得美麗。一共有二十餘張相片，以平均數來說算是非常多，每一張相片中的凡娜迪絲看起來都有一股神祕的氣息，深色的頭髮、細長的丹鳳眼，顴骨高高的，嘴唇噘著，做出一副幼稚的誘人表情。梅琪從來不爲任何一個孩子執著，但她對凡娜迪絲感到親近。凡娜迪絲的故事有些不太對勁，此外，她被人逮到在憲法區賣身，要知道，憲法區可是變裝皇后的地盤，一般的女人不會在那邊拉客，更別說是年輕的少女。社工人員介入時，她的家人沒半個願意接納她回家，最終她被關進少年感化院，之後又從那兒逃了出去，從此下落不明。她的家人好似沒有打算要找到她。她在街頭結識的朋友有時候會帶著相關情報來到辦公室：幾個崇拜她的少男少女、流動攤商、凌晨時分四處跑車的計程車司機、在二十四小時營業的熱狗店或漢堡店打工的年輕人、書報攤商、其他的妓女，以及幾個變裝皇后。有些人來到辦公室講述關於凡娜迪絲的事，有些人則留下信件、用紙筆寫下的小軼事，甚至還留下愛心圖畫或者紅色小緞帶，萬一哪天凡娜迪絲出現了，好送給她。許多時候，葛蕾希菈會把這些人說的話錄下來，再把錄音帶交給梅琪——根本沒辦法教會她使用數位播放器，梅琪會再把錄音檔轉錄進MP3隨身聽。之後，這些談話會陪伴她搭乘地鐵回家。凡娜迪絲的檔案夾十分厚重，資料夾闔不太起來，以至於某天下午的午餐時間，梅琪在艾米里歐·米特雷地鐵站附近不小心弄掉了其中一張相片。當時風很大，她害怕相片會飛走，連忙狂奔去撿回來。跑著跑著，有那麼一瞬間，她在人行道上看見那張臉，心想凡娜迪絲應該不會發生什麼壞事才對。這女孩長得像碧安卡·傑格，但出生於多克蘇德鎮。女神是從來不會發生什麼壞事的，就算祂們無比憂傷、混跡街頭也不會。

*

凡娜迪絲在憲法區附近賣身時，經常碰上幾個監獄的孩子。所謂「監獄的孩子」並非囚犯，他們多是孩子（其中也有些成年人），有男有女，擅自強占卡塞羅斯監獄的廢墟，住了下來。監獄好幾年前就應該要拆除了，卻依舊盤據原地，廣大且危險。除了周遭的居民以外，好似沒有任何人在意。嗑藥的孩子漸漸塞滿這裡。通常他們嗑的是古柯糊，但也有人吸食強力膠或酗酒。有些窮困潦倒的家庭或者流浪漢本在監獄廢墟那兒落腳，全被毒蟲孩子趕走了。他們住在哪裡，那裡就容不下其他人。時有打架事件，常有人嗑藥過量，丟了小命，常有藥頭遭人謀殺，殺人搶劫之類的事層出不窮。用一句話來說，那兒是個如地獄般齷齪的場所。沒人有膽自那兒附近經過，監獄廢墟四周的社區日漸衰落。毒蟲孩子通常會在日落時分離開廢墟，去附近沿街行乞。

某日，一名「卡塞羅斯死亡之巢」（某個電視頻道曾如此稱呼廢墟，久而久之這個令人毛骨悚然的稱號就留了下來）的女孩來到查卡布科公園的發展交流中心，說知道凡娜迪絲的事，想要聊聊。她告訴葛蕾希菈說她不想找警察或法官談，因為她牽扯得太深了，不想被逮捕入獄，也不想被抓去勒戒。她想要死在街頭，她什麼都不在意，雙腿和胳膊上滿是瘡口，曾在卡塞羅斯監獄廢墟流產過兩次，不曉得她那些沒機會來到人世間的孩子的爸爸是誰，她猜應該是其他毒蟲，她記不得了。她肯定是為了錢才跟他們睡，有錢才能買古柯糊，因為她喜歡的是女人。女孩的證詞沒有記下她的名字，她不願透露姓名，說稱呼她為「蘿莉」即可。葛蕾希菈說蘿莉渾身發臭，身上的衣物髒得不行，牛仔褲和T恤看起來是褐色的，腳趾頭還從運動鞋中露了出來。她還說蘿莉身上有一種野狼的氣質，骨瘦如柴，牙齒和下頜突出，像是野獸的嘴巴。蘿莉先對葛蕾希菈說了自己的人生故事，接著才談論凡娜迪絲的事，喋喋不休講個不停，唯有換氣時會發出粗啞的喉音。葛蕾希菈是第一次看見仍活蹦亂跳的垂死之人，第一次看見一個人的心靈沒有意識到肉體的死亡。她感到無比震撼。

蘿莉說，一天夜裡，她鋌而走險離開死亡之巢。她身無分文，渾身上下發疼，無法思考，急需錢。她跑去憲法區那一側，但很小心，因爲她不想被警察看到，也不想跟變裝皇后乞討。變裝皇后經常毆打像她這樣的女孩子。她必須找到某個等公車的人，或者某個單純只是在那區行走、要去書報攤或是回家的人。她在外套口袋內藏了一個破裂的酒瓶瓶頸。

蘿莉晃了差不多一個鐘頭，卻還沒遇到任何可以下手搶劫的目標。這個時間點，普通人不會在社區內亂逛，人們曉得這時間的社區很危險。希望即將落空之際，蘿莉看見凡娜迪絲。蘿莉瘋瘋癲癲的，但她隨即明白凡娜迪絲不是變裝皇后。她自後方接近凡娜迪絲，把尖銳的酒瓶瓶頸抵在凡娜迪絲背上。凡娜迪絲飛快轉身，幾乎是跳了一下轉過身來。她比蘿莉想的還要機警。兩人四目相接。蘿莉毋需再次威脅凡娜迪絲，凡娜迪絲便自己投降了，掏出三十披索交給蘿莉，並對她說：「接下來的十五天別再勒索我，OK？別來找我的麻煩，記得我給過妳錢了，別那麼不上道。」

蘿莉拿著錢快跑離開。一股奇怪的感覺油然而生：她不感覺自己搶了凡娜迪絲。要是凡娜迪絲當下的回應是「我才不會給妳錢」，蘿莉會停止苦苦相逼，直接離開，放過凡娜迪絲一馬：她明明急需錢，不明白自己爲什麼會這麼想，但事情就是如此。

幾天後（蘿莉不記得是什麼時候；對住在卡塞羅斯死亡之巢的人而言，時間並不重要），她又看見凡娜迪絲了。凡娜迪絲對她說：「休想勒索我，我給過妳錢了，妳記得吧？」蘿莉頓時回想起來。凡娜迪絲對她露出微笑時，她墜入愛河，問能不能待在附近，凡娜迪絲說可以。蘿莉對凡娜迪絲講述了自己的人生，又說了死亡之巢的事。凡娜迪絲聽聞後感到擔憂——她不嗑藥，覺得那些人吸毒是件哀傷的事。她對蘿莉說，想去看看卡塞羅斯死亡之巢，但蘿莉拒絕了，那裡太危險，此外，她也不希望凡娜迪絲看見她的棲身之所有多糟糕。那幾天晚上，凡娜迪絲接客的空檔，兩人一起抽菸，蘿莉心想：自己可以戒掉毒品，可以再次進食，去免費的醫院治療身上肯定有的狗屁玩意兒，然後向凡娜迪絲告白；凡娜迪絲也許會回應她的愛，女同志妓女何其多，她就認識一大堆，從前還沒吸古柯糊的時候，她甚至還交過一個妓女女友。

蘿莉告訴葛蕾希菈：凡娜迪絲拚了命工作；變裝皇后的生意肯定被她搶了，但出於某種原因，她們允許凡娜迪絲安心接客，沒人去找她的麻煩。蘿莉甚至沒看見夜裡總待在車裡的那些傢伙，但凡娜迪絲告訴她，有兩個人是「怪咖」——凡娜迪絲一向話少，幾乎從不談論自己的事，從沒提到過家人、她的家，對於街頭生活之前的人生絕口不提；要是蘿莉問起，她只會微微笑，扯開話題。蘿莉之所以來到辦公室，正是想要說這件事。她認爲，凡娜迪絲逃離少年感化院、失蹤後，搞不好是被那些怪人抓走了。此外，蘿莉從某個變裝皇后那兒得知凡娜迪絲失蹤後，料想自己恐怕戒不掉毒品，終會死在卡塞羅斯監獄內——凡娜迪絲就像她的最後一扇逃生出口，卻關上了，所以她想要訴說這一切，不想白白死去。

那些怪人合力抱起凡娜迪絲，把她帶到附近一間旅社，幾乎就在車站的正對面。其中一人幹凡娜迪絲的時候，另外一人錄影，然後兩人再交棒。他們逼凡娜迪絲做一些正常的事，叫她吸老二，幹她屁眼，逼她幫他們打手槍，一般的性愛花招，差別在於他們把這一切全錄了下來。凡娜迪絲問他們打算拿影片幹什麼，他們說是要自己收藏，不會搞花招，自己看著爽罷了。凡娜迪絲不相信他們，蘿莉也不。凡娜迪絲打破沙鍋問到底，要他們交代最後會拿影片去幹什麼事，是上傳網路或是怎樣。那兩人便威脅，她再囉唆，就把她殺了，說她不過是在街頭討生活的小鬼，有誰他媽的會在意她。凡娜迪絲沒有爭辯，繼續任由他們拍攝。雖然凡娜迪絲沒有意識到，但她害怕那兩人。凡娜迪絲總是否定一切，但蘿莉察覺到她的恐懼了。凡娜迪絲總說那兩人是王八蛋，說反正她也不在意他們把她的性愛影片掛到網路上或者拿去賣，她覺得根本沒差。當然，他們付給凡娜迪絲的錢比一般嫖客給的還多，這樣便足夠了。

凡娜迪絲被關進少年感化院後，蘿莉才得知社工和警方去過憲法區。她希望凡娜迪絲回來。過了一段無比漫長的日子後（她感覺彷彿有好幾年那麼久），那個變裝皇后告訴她，凡娜迪絲失蹤了。「那件事害她丟了性命，也要了我的命。搞不好她也被殺了。她是個很美的女孩，是我這輩子見過最美的人。」蘿莉如此說著。

人人異口同聲，都說凡娜迪絲是個美人，尤其是 MySpace 網站塗鴉牆上的她；值得注意的是，很多失蹤少年少女已經棄他們的 Facebook 和 MySpace 帳號不顧了，他們的個人頁面毫無動靜，儼然和墓碑沒兩樣，只有一小群朋友和家人瀏覽，持續留言，希望能夠收到消息。

凡娜迪絲的塗鴉牆令梅琪感到意外，上頭幾乎每天都有新的留言。然而，與她有關的線索少之又少。她的大頭照是用手機拍的，拍得絕美，相片中的她綁著頭髮，綳得很緊，露出整張臉，豐厚的嘴唇，柔和的笑容。她完整塡寫了個人介紹資料，詭異地糅合了事實和陰森的幻想。上頭寫道：她是重金屬搖滾樂迷，嗜恐怖片，自稱「夜之浪形者」，描述自己爲「住在每個死人身上的蛆蟲」，聲稱自己一百零三歲。「關於我」的欄位則留白沒塡，但她在「我想認識」的欄位寫了「所有人」。

其餘的個人簡介如下：

興趣

一般：現在我沒空，之後吧。

音樂：金屬！！！

電影：《奪魂鋸》、《大法師》、《神鬼第六感》、日本電影。

電視：我沒有電視，看電視不好！

書籍：哈哈

英雄：我的手指
樂團：瑪麗蓮・曼森、滑結樂團、崆樂團
婚姻狀態：無
我想找：朋友
性傾向：雙性戀
家鄉：地底世界
身材：一米六，瘦得不得了！！！
人種：？
宗教信仰：無
星座：天蠍座
飲酒／吸菸：菸酒不拒
孩子：可憐的孩子
教育程度：？
薪水：哈哈

凡娜迪絲有兩百二十八個朋友、七千兩百條留言。「親愛的朋友，希望妳會出現，我愛妳。」「大正妹，我愛妳，回來吧，大家都想妳。」她的其中幾個朋友也有自己的塗鴉牆，但填寫個人簡介的沒幾個。除了「負零」。負零是刺青師，塗鴉牆洋洋灑灑的一大串，貼滿了工作的相片，其中許多張有凡娜迪絲入鏡，他曾替凡娜迪絲在肩胛骨上刺過一對翅膀，還替她在後頸上刺了一滴眼淚——凡娜迪絲身上至少有他展示的這些作品。負零每週至少會在凡娜迪絲的塗鴉牆留言一次，有些訊息很簡短（「小美人，告訴我妳跑去哪了？」「誰要是敢對妳怎樣，我就把他殺了。」），有些則非常長，甚至達到留言字數上限：「小壞蛋，我不會忘記妳的，不會忘記妳跟我說過的事，昨晚我跑去憲法區和帕特里西奧區，四處找妳，我甚至還去了那座監獄，差點被搶，如果妳又開始吸那個狗屁東西，我要揍死妳，但我會救妳，好嗎，告訴我妳在哪裡，我覺得妳還沒死，有天晚上妳出現在我的夢裡，妳飄浮在我的床鋪上空，我裸體仰躺著，妳拍動一雙翅膀，懸浮在空中，一雙眞的翅膀，跟我幫妳刺的翅膀一樣，妳的眼睛超奇怪的，像是銀色的，這個夢讓我想起妳來我這兒的時候，讓我想起妳說就算天氣很熱，但妳還是必須蓋被子睡覺，因爲妳感覺夜裡有好幾隻手在摸妳，妳常作一些超他媽瘋狂的夢，有時候妳聽見有人在耳邊說話，害妳睡不著覺，我也跑去很多家醫院找妳，妳不會是發瘋被關到那裡去了吧？親愛的，有時候妳看起來超瘋的，我跑去歐彭鐸爾鎮和莫亞諾醫院，但到哪都找不到妳，我要發瘋了。」

梅琪把刺青師的名字告訴葛蕾希菈，問他是否來過辦公室提供消息。沒有，他從沒來過。梅琪相信負零，覺得他是真的墜入愛河了。她曾承諾，除了參閱檔案夾，自己不會介入失蹤孩童的事，但她感到非常遺憾，有時候甚至考慮打破諾言。她想要去見那個刺青師，想邀請他來辦公室，讓他好好解釋那些夢境和凡娜迪絲聽到的說話聲到底是什麼玩意兒，但最終，她決定還是保持距離。她覺得自己特別關心凡娜迪絲，對其他孩子來說很不公平，決定一如往常，讓事情就這樣吧。

*

那個剝削未成年人口賣淫的米西奧內斯人口販子首腦的轟動案件事發已有一年，卻只找回寥寥幾個少女（梅琪很驚訝，失蹤的女孩何其多），辦公室的工作如常，令人沮喪，單調乏味。貝德羅回到他標記了被綁架少女的販運路線的地圖上。

多虧了少女們在休息站廁所和旅社留下的文字，貝德羅通常追查得到她們的蹤跡。「我是狄安娜，媽，我還活著，我被綁架了，我愛妳，救我。」他每隔十五到二十天就會拜訪梅琪和她的檔案夾一次。他勤做筆記，趁葛蕾希菈沒看見的時候把需要的頁面偷偷影印下來。然而，梅琪更傾向與他在酒吧會面討論。在辦公室談這些事很不自在，因爲貝德羅會不斷咆哮，更別提幾瓶啤酒下肚後了。兩人認識的時候，貝德羅就是這副樣子，動不動就情緒激昂，菸一根接著一根抽，電話接個不停。但最近他酒喝得太多，沒三兩下就醉了。梅琪覺得很丟臉，貝德羅每次大笑都口沫橫飛，看得她有些噁心。然而，有時候貝德羅也會逗得她發笑。她喜歡和貝德羅一起坐在公園的草地上喝啤酒，像是兩個青少年似的，邊喝邊討論爲什麼尋人啟事上的相片總是拍得那麼難看，或者討論有多少私家出租車司機帶著未成年孩童私奔，或者討論那些遭綁架的孩子是否和非政府組織的調查員或記者懷疑的一樣，經巴拉圭（這是兒童福利保護司的觀點）或巴西被運出國。

事情依舊沒什麼進展，直到某日，貝德羅帶著一則小道消息現身。根據他所言，那則消息眞是「妙不可言」。他的其中一個「線人」（他從來沒和梅琪深入解釋他的眼線都是些什麼人）正在販售一支未成年少女的影片。影片中的少女被舉報爲失蹤人口，被人用手機拍了下來，她身上裹著一條毯子，不然就是被人塞進睡袋之類的東西，大概是想把她隱藏起來。少女死了，那段手機錄影畫面拍到的是，那些人把少女從一扇門抬出屋外、扛到一輛小貨車上，笨手笨腳的，一個不小心，包裹著少女的東西掉了下來，清楚拍到她的臉孔。貝德羅打算付錢買下影片，他拜託梅琪，是否能夠檢查檔案夾，看看影片中的女孩是否在其中，並且找出她的身分。貝德羅的語氣流露出跟當年調查米西奧內斯人口販子案件時一樣的興奮和狂喜，梅琪聽出來了。貝德羅說要拷貝一份給她，但她根本不想看。她答應了，要他看過影片後再來辦公室檢閱檔案夾。某個星期一的最後一刻，貝德羅打了電話來，抵達辦公室時激動不已，渾身散發出地鐵的氣味，額頭上滿是汗珠，彷彿這天是炎夏，而不是布宜諾斯艾利斯的八月。

「妳好嗎？親愛的小梅琪。那個影片還眞夠猛的。影片全都打了馬賽克，什麼屁都看不到，他媽的根本派不上用場。他們把那少女扛上小貨車，但看不見車牌。那些傢伙狡猾得很，全都戴著滑雪面罩，遮住了臉。那間屋子很常見，那條馬路和大布宜諾斯艾利斯的任何一條馬路一樣烏，看不出確切的地點，任何地方都有可能。但那少女被拍得一清二楚，他們像是想要展示她，把她翻了個面。我不曉得拿手機的那傢伙是不是刻意把那畫面拍下來，影片沒有聲音，他們把少女挪來挪去，她身上的毯子最後掉了下來，露出整張臉孔。之後畫面給了個特寫。那些狗娘養的還真是病態，少女一條手臂垂在胸前，鬆垮垮的。」

「她死了嗎？」

「看起來很糟，但身體並不僵硬，臉上沒有被揍過的痕跡。她可能是嗑了藥、喝醉了，或者睡著了。我搞不好花了冤枉錢，被人坑了。但沒錯，她也可能死了。影片片長三十秒，只看得見她的臉十幾秒，很難說。她簡直美若天仙。沒錯，只能用天仙形容，美得像是模特兒。」

梅琪感覺此刻自己渾身飆汗，腹部發硬，臉頰灼熱，像是察覺自己戴著耳機，沒有注意看號誌，正傻呼呼地闖過紅燈。她沒把自己對凡娜迪絲的執著告訴貝德羅。她不想捫心自問原因，但她知道自己感到丟臉，或內疚。此刻，恰好是此刻，她沒辦法表現出自己感到有多確定和震撼。她轉過身，不讓貝德羅看見她的臉，轉而翻找凡娜迪絲的檔案夾。她打開檔案夾，要貝德羅確認。「就是她。」貝德羅不假思索答道，接著埋頭讀起檔案。凡娜迪絲的檔案夾是貝德羅檢閱過最厚重的檔案夾。然而，翻過三頁後，他抬起頭。

「妳怎麼知道這就是影片中的那個女孩？我的意思是，妳根本沒有一秒的遲疑，馬上就拿她的檔案夾給我了！」

「是巧合。」

「什麼巧合不巧合的？梅琪，別故弄玄虛了，親愛的，告訴我吧。」

「有天我剛好在翻閱這個資料夾，無聊的時候我會……好吧，這個女孩名叫凡娜迪絲。我剛好讀到裡頭的一則訪談，足凡娜迪絲在街頭的某個女性友人。友人在訪談中說凡娜迪絲被兩個傢伙——可能是嫖客，拍了性愛影帶。資料全在這裡。那女孩在憲法區賣身。」

貝德羅啞口無言，又感到開心。「她的那個朋友是誰？」他問，接著梅琪跟他說了關於前卡塞羅斯監獄的事。貝德羅的心情愈來愈雀躍。梅琪有些惱怒，每次貝德羅看見新的調查、看見對他職業生涯有幫助的機會，就會這樣。更何況這個機會好得不能再好：卡塞羅斯死亡之巢、有毒癮的蕾絲邊少女、喜歡殭屍的美麗少女。梅琪慢慢驅散自己的壞心情，她明白要求貝德羅改變態度是不可能的事，因此，她給了貝德羅 MySpace 的網址，說了那個刺青師的事。貝德羅苦苦哀求了兩分鐘，梅琪才允許他影印凡娜迪絲的資料夾，整份資料夾。下班時間後，兩人留在辦公室內影印資料。高速公路的車輛在兩人頭頂飛梭，外頭夜幕低垂。離開前，貝德羅又問了梅琪一次想不想看那段影片。梅琪回答說不想，也懷著剩餘的怒氣，說明天早上他就應該把影片交給檢察官。然而，貝德羅拿不定主意，他曉得自己不該留著影片，但他想要繼續調查。更何況現在他手上的資料可多了呢。從影片幾乎看不出什麼端倪，但多了情報，他打算去套眼線的話，也可能約凡娜迪絲的某個朋友出來談談。多虧資料夾，他查得到她的朋友都是些什麼人。他可以寫一篇更爲詳盡的報導，提供檢察官更爲可靠的線索。梅琪不發一語，靜靜聽著貝德羅辯解。她覺得貝德羅不立刻將影片交給司法機關實在不好，他該交出去才是。但她也不是什麼心地善良的大好人：她也非常想、非常渴望看看那段手機拍攝的影片，她的好奇心如此病態，實在稱不上是什麼道德典範。貝德羅不再堅持要拿影片給她看，她也沒有主動要求一窺究竟。她忍得住。貝德羅在地鐵站階梯上吻了梅琪一下，向她道別，說明天再打電話給她。貝德羅打算傍晚先到卡塞羅斯監獄的廢墟尋找蘿莉，之後再找幾個於黃昏時段剛出來接客的變裝皇后聊聊，也許還會聯絡那個墜入愛河的刺青師。梅琪說晚上會把手機開著，等他打電話來。然而，她把手機關機了，還把室內電話的電話線拔掉，打算安穩睡上一覺。但她辦不到，夜裡頻頻驚醒，胸口大汗淋滴。喝著早餐的咖啡，她回想不起來自己作了什麼噩夢，倒是依稀記得一個小女孩的身影。女孩裸著身子，後背全是鮮血，儼然像是羽翼遭人扯斷的小天使。

*

整個上午，梅琪惴惴不安。她預計貝德羅晚上才會打電話來，但仍時不時用餘光瞄手機。她比平常更早一些外出吃午餐，決定改變一下，去公園另外一側的酒吧，好轉移注意力。但最終她沒能穿越公園。爬上查卡布科公園主噴水池（這天中午噴水池沒開）的台階時，她看見凡娜迪絲坐在其中一階上。無庸置疑，那女孩就是凡娜迪絲，衣著和她放在MySpace上的某張相片一樣，她唯一全身入鏡的那張。梅琪正是因爲她的衣服才認出她的。那感覺就像是看見一張三維的相片。黑色短靴、牛仔裙、黑襪、厚重的深色頭髮。梅琪一度以爲是自己的平空想像，但也僅是以爲而已，她確信無誤。翻騰的胃和顫抖的雙手，在在告訴她眼前的少女就是凡娜迪絲。她緩緩靠近少女。少女沒有看她。最終，她站到少女面前，吸引少女的注意。

「凡娜迪絲？妳是凡娜迪絲嗎？」

「嗯，嗨，妳好。」少女回答。少女顯然不是死人，不會是貝德羅取得的那支影片中的女孩，她在陽光下露出微笑，一副朝氣蓬勃的模樣。笑容露出她歪斜的黃牙，不然她的美可說是無懈可擊。然而，在先前的相片中從來沒見過她的笑容。也許是因爲她不常笑吧，很少張開嘴巴。

梅琪不曉得下一步該怎麼做。凡娜迪絲並不和她說話。她害怕凡娜迪絲起身離開，害怕她逃了。她拜託凡娜迪絲跟她走，對方也同意。這是兩人的第一次相遇，梅琪沒辦法問她問題，只能夠確保凡娜迪絲會跟著她一路回到辦公室。葛蕾希菈和瑪莉亞・勞菈興高采烈且驚愕不已，頻頻尖叫，迎接凡娜迪絲踏入辦公室。得知她的身分，她倆簡直開心得要發瘋了。兩人端了一杯咖啡機煮的卡布奇諾給凡娜迪絲。她們倒是適合拋出各種問題騷擾凡娜迪絲。凡娜迪絲以點頭或搖頭一一回答，很多問題則是說「我不記得了」。「她嚇壞了。」葛蕾希菈說，同時先是撥打地檢署的電話，接著又打給凡娜迪絲的母親。不出二十分鐘，辦公室內便塞滿了人，此外，凡娜迪絲的親屬也趕來辦公室，久別重逢，欣喜若狂，又哭又叫的，差點暈倒。「這還眞奇怪。」梅琪心想，因爲凡娜迪絲失蹤的整整一年間，她的家人連通電話也沒打來過，先前凡娜迪絲被關進少年感化院的時候，他們也沒去探視她，更別提她十四歲就在外賣淫，他們也根本沒有把她從街頭帶回家。她把上述這些事告訴葛蕾希菈，葛蕾希菈用「妳眞蠢、沒血沒淚」的表情回瞪了一眼，接著用說教的口吻說：「人們回應創傷和失去至親的方式各有不同。有些親屬執迷不悟，會不停尋找；有些親屬則會表現出若無其事的樣子，這並不意謂著他們不愛自己的孩子。」葛蕾希菈的語氣總像是無時無刻忿忿不平的社會心理學家，給出的解釋淺顯易懂，但又趾高氣揚。梅琪又一次暗自竊喜，慶幸自己上班時可以和她倆分開作業，慶幸自己從來沒試著和她們交朋友，更慶幸自己不是這些需要坐在辦公桌前聽她們說話的可憐家屬。

辦公室內熙熙攘攘，害梅琪忘記打電話給貝德羅。凡娜迪絲和她的家人乘車離開，前往法院提供相關證據。她們一行人前腳剛走，梅琪隨即撥打貝德羅的電話。

「你不曉得剛剛發生什麼事了。」

「哈！那妳也不曉得我這邊剛剛發生什麼事了。我沒辦法去憲法區看凡娜迪絲住的地方，沒辦法拜訪那間監獄，哪兒都去不了。我的主編像是發了神經，打電話給我，派我來這裡……」

「這裡是哪裡？等等，貝德羅，我的這件事比較……」

「我人在卡巴宜托區的里瓦達維亞公園。一名婦人認出有個失蹤的少年在公園裡看電影。那孩子叫作胡安．米格爾．岡薩雷斯，十三歲……」

「貝德羅，停下，別說了，我要說的是……」

「不，妳讓我說完！這件事太瘋狂了！我真不敢相信妳沒聽說。」

「我要說的是，我們這邊也找到……」

「等等，讓我說完！那個婦人靠近那個少年，她原本就認識他，問他：『胡安．米格爾，是你嗎？』少年回答說是。然後那婦人用手機打電話給少年的家人，從公園那邊打，少年的母親卻大叫說她兒子之前早就出現了，但被找到的時候已經死了！將近三個月前的事！妳記得那個案子嗎？很出名，還上了電視！鬧得沸沸揚揚的！少年跌落火車底下的那件事。妳聽我說，那個母親不願意過來見這個出現在公園的少年，因爲她恐慌發作了。父親比較堅強，倒是過來了。那個少年被帶去警察局。主編派我去警局那兒，因爲條子直接打了電話通知他。少年的父親趕到警局，聲稱少年就是他兒子無誤！我的腦袋亂成一團啊，說眞的，我怕極了，嚇得屁滾尿流。那個孩子早就死了，火車輾斷他的雙腿，但沒有害他毀容。那是同一張臉，同一個少年。」

「貝德羅……」

「此外，再加上我昨天找到的影片，眞是太瘋狂了！」

「貝德羅！凡娜迪絲出現在這邊了，在查卡布科公園出現了。」

「什麼？」

「凡娜迪絲，影片中的那個少女……」

「我知道妳在說哪個凡娜迪絲，笨蛋！而且她的名字操他媽的怪！什麼意思叫她出現了？」

「是我發現她的，在公園的階梯上，噴水池附近的階梯。」

「妳這是在跟我開玩笑。」

「白痴喔，我沒事跟你開玩笑幹麼？」

「那現在她人在哪裡？」

「他們去法院了，跟她家人在一起。」

「是她嗎？」

「是她。她怪怪的，不過，是她沒錯。」

「怎麼可能？這怎麼可能？妳等我一下，我有另外一通電話打進來，我待會回撥給妳。妳會在那裡嗎？」

*

接下來的幾週，事態變得令人歇斯底里，駭人聽聞。家家戶戶失蹤的孩子一一現身，但不是出現在隨便的地方——他們出現在市區的四座大公園：查卡布科公園、阿韋亞內達公園、薩爾米恩托公園、里瓦達維亞公園。他們待在那兒，夜裡依偎著彼此睡覺，看似無意要去其他地方。其中甚至有一些小嬰兒，恐怕是那些遭爸爸或媽媽綁架的受害者，也可能是遭人從醫院婦產科偷走的小孩。他們的家人發了瘋似的趕去公園找他們，沒多想這個事件有多詭譎，沒試想所有失蹤的孩子在同一時間回來是多麼令人惶惑不安的事。可想而知，最先離開公園的孩子是那些小嬰兒。大孩子之間一片靜默，每個人的話都不多，看似不想談論自己先前待在什麼地方。他們跟著前來尋找他們的人離去，看似不認得，態度卻百依百順的，令人寒毛直豎。

也沒有人曉得該說些什麼，各種荒唐的假說四處流竄。這些孩子根本不開口說話，因此，舉例來說，也無從斷言他們是被某個犯罪組織集體釋放的。然而，有幾家報社堅信這個可能性。警方甚至發起突襲行動，許多遭逮捕的人對著攝影機鏡頭大喊清白。他們可能是真的無辜，沒有證據可指控他們曾對這些孩子幹過什麼事。像梅琪或貝德羅這般正直的調查員、公務員和記者非常少：他們完全不曉得發生了什麼事，無法給出一個解釋，只知道這件事令他們感到非常恐懼。

經歷了狂喜且不安的第一週後，令人不寒而慄的事逐漸浮上檯面。結果，那些於第一週「被找回」的孩子都是普通的案件——除了胡安．米格爾那孩子以外，他明明被火車撞死了。媒體決定把胡安．米格爾的雙親塑造成貧窮的酒鬼，藉機指稱他倆的說詞不可信，說他們認錯孩子了。人們爲了安撫情緒，接受了這個說法，因此後續幾天，一切相對正常：近期失蹤的男孩女孩皆來自還算是穩定的家庭，沒有遭受暴力對待的跡象。幾乎稱得上是幸福快樂的結局了。然而，第二週週間，一股喑啞的恐懼逐漸蔓延開來，沒有人敢談論這件事，害怕以訛傳訛、永不止息。其中一個引爆點是薇多莉雅．嘉里德的案件。薇多莉雅．嘉里德是經濟學院的女學生，來自中上階級家庭被綁架的孩子不多，她正是其中之一。傳聞衆說紛紜，說她被販賣女人的人蛇集團綁架，不然就是停止服用抗抑鬱藥物後精神崩潰，不然就是說她跟某個已婚男子私奔了。薇多莉雅的案件是個謎團：她外出買餅乾，然後就一去不復返。她是個有條理的女孩，有朋友，家裡有錢，上大學念書，在道德上有包袱，促使她在一間公共食堂工作。她失蹤已有五年多，家人幾乎已對找到她不抱有希望。但她竟然出現在阿韋亞內達公園、在小火車車站附近（小火車已破舊不堪，從前會繞著園區兜圈子），坐在長凳上，望著從前曾是莊園農莊的大宅。她的家人興高采烈，一見到她出現在電視上（每個公園都有一輛外景車，日夜不停歇地拍攝）便馬上過來找她，一把鼻涕一把淚，緊緊擁抱住她，把她帶走。

這一刻，他們，或者任何人，都不敢斷言薇多莉雅失蹤的這五年來，身體上完全沒有改變，也不確定她穿著的是失蹤當天的同一套衣服，甚至不敢斷定她的暗褐色捲馬尾上夾的是同一個髮夾。

第二個案件比起薇多莉雅的案件還更加費解：蘿蕾娜·洛佩斯。蘿蕾娜來自維亞索爾達蒂，跟一名私家出租車司機私奔了。她被那男人搞大肚子，懷有五個月的身孕，最後頂著五個月大的肚子出現在查卡布科公園的玫瑰花園。問題在於她可是失蹤了一年半之久。婦科醫師證實這是她第一次懷孕。所以說呢？她逃家時大概沒有懷孕吧，可能是誤會一場，搞不好她撒謊了，或者醫生搞錯了，他們又憑什麼如此有把握呢。至於那個私家出租車司機，他從頭到尾沒有現身證實或否定什麼。還好他沒出面說明，不然他會因爲跟未成年人性交直接入獄。蘿蕾娜回到維亞索爾達蒂，但十五天後，她的爸媽把她「退還」給相應的少年法庭。貝德羅見證了他們交出蘿蕾娜的那一刻。他告訴梅琪，蘿蕾娜的母親對女法官說：「我不知道這個人是誰，但她不是我女兒。我認錯人了。她長得很像我女兒，但她不是我女兒。蘿蕾娜是我的親生骨肉，就算伸手不見五指我也認得她，光憑她的味道就認得她。總之這個人不是我的女兒。」法官下令進行DNA鑑定。鑑定結果尚未出來，又有另外一個失蹤少年冒了出來。該名少年的外號叫牛仔弟，或超級牛仔，眞名爲喬納森・雷德斯馬，出名的蹺家少年。他突然出現在里瓦達維亞公園的玻利瓦紀念雕像下。牛仔弟是逃家慣犯，年紀輕輕便做起了賊。他的家在彭貝亞區，十二歲那年已累積逃家十次，且成功突破少年感化院的警衛系統，二度逃脫。人們到哪兒都見得到牛仔弟，他在大街上四處遊走，時常在七月九日大道的各個紅綠燈路口行竊，但沒有人追蹤他夠久的時間，把他關回少年感化院。此外，他有很長一段時間下落不明。

然而，牛仔弟的案件結案了。約莫一年前，他在拉諾利亞橋上遭卡車輾過。

他行竊到一半突然頭暈目眩，倒在柏油路上。卡車自他的胸口輾過，當場回天乏術。但他的臉孔毫髮無傷，跟火車男孩胡安・米格爾一樣。尋人啟事和檔案相片上的臉，正是那個出現在里瓦達維亞公園的牛仔弟的臉。問題在於牛仔弟不可能與其他現身的孩子一起出現在那兒，因為他早已死了。

直到牛仔弟現身以前，梅琪一直在忍耐，忍耐繼續在高速公路底下的辦公室上班，忍受隸屬於孩童暨青少年權利委員會之下。然而，牛仔弟活跳跳地出現了，肋骨也沒有插進肺中。梅琪看過意外現場的相片，鮮血混雜著幾段腸子，撒得滿地都是。之後，又有另外一個失蹤男孩現身。男孩於八歲那年失蹤，雖然失蹤長達六年之久，算一算也該有十四歲，應該是青少年而不是小男孩了，但他也以八歲的年齡現身了。此時，梅琪發覺自己沒辦法再忍受下去了，無法忍受那些先是表現出喜悅、後來又感到懼怕的父母親，也無法承受他們住進精神病院的新聞，無法承受那些突然出現的孩子自公園投射來的目光。他們坐在草地、階梯和兒童遊樂設施上，和貓咪玩耍，甚至試圖跳入噴水池戲水。梅琪整理好檔案夾，她無法解釋這些超自然的回歸究竟為何，她只希望時光倒流。

＊

這晚，邀請貝德羅共進晚餐時，梅琪下定決心要提離職。她已把電視線拔掉，不想再去聽人們在電視上因這些孩子的回歸而歇斯底里的發言。有網路就夠了：她可以花上好幾個鐘頭閱讀新聞和理論，上一些之前她為了不把自己搞瘋而從來不去的論壇網站。她多次進入凡娜迪絲在MySpace上的塗鴉牆。除了那個刺青師負零以外，其他朋友給凡娜迪絲的留言突然中斷了。幾天前，負零寫下最後一則留言：「今晚我會去找妳。」

搬家的事也讓梅琪憂心忡忡。她沒有錢租另外一間公寓，沒有存款（這份薪水根本存不了錢），她必須搬回老家和爸媽一起住。她已經問過他們的意見，他們好似很歡迎她搬回家。離開這間公寓令她感到難過，這兒有個漂亮的浴缸，但她從來沒用過，因為必須先把漏水的問題修理好，而她沒有時間或心情打電話請人上門處理。換作是別的時候，房東先生（非常難搞的傢伙）肯定抱怨公寓內這個也壞那個也壞。梅琪在這裡租了快兩年。她想要躺在床上看電視，於是鑽洞拉電視線。牆壁上的孔洞從陽台一路延伸到房間。電腦上方的白牆有一片灰色汙漬，某人曾和她解釋說那是正常現象——電腦的熱氣、風扇，之類的，但看起來不堪入目。她曾試著用水清理，反倒愈搞愈糟。另外一片汙漬簡直就是災難：某日凌晨她喝得酩酊大醉，在通往房間的走廊上嘔吐，留下一片紅酒色髒汙；她記得有個男子陪她回到公寓大樓門口，而且自己不讓對方進門，甚至記得自己去了書報攤，買了麥角胺咖啡因藥片舒緩頭痛、買了可口可樂解宿醉，但她就是不記得自己嘔吐。隔天一早醒來，她頭痛欲裂，身上的衣服穿得好好的，甚至連靴子也沒脫下。然後她發現自己嘔吐了。她在走廊上看到臭氣熏天的嘔吐物，還發現鑰匙仍插在門鎖上。幸虧沒有人拿走鑰匙，幸虧就連她的鄰居也沒有注意到，他們個個性猜疑，要是看見插在門上的鑰匙，可能會報警。

然而，房東也可能不會對她多說什麼，可能甚至不會跟她收最近這幾個月的房租。打從那些失蹤的孩子回來後，人們的行爲舉止便變得十分詭異，意志消沉，提不起勁，對什麼事情都無所謂。書報攤小販呆滯的目光尤其明顯。他們像是毫不在意，任由他人偷取攤上的夾心餅乾。在地鐵工作人員的身上也很明顯，若某個乘客沒有零錢，他們會讓他免費通行。四處瀰漫著一股暗啞的祥和。公車上鴉雀無聲，人們接到的來電變少了，公寓內的電視開到傍晚便關上了。鮮少人外出，沒有人接近那些孩子居住的公園——他們依舊什麼事也不做，只是單純待在那兒。第一波回歸的一個月後，對人們來說，有件事變得很明顯：那些孩子完全不吃飯。起初有些人會送水果、披薩或烤雞給他們，他們笑臉迎人地收下食物，但從來沒在攝影機鏡頭前或送晚餐給他們的居民面前進食過。隨著時間流逝，某個較爲大膽的攝影師，以及某些帶著小型攝影機的民衆，開始錄下那些孩子的日常生活。他們會睡覺，這點倒是沒錯，但他們從不吃飯，滴水不沾，好似也不需要水洗澡，至少他們從不洗澡，只會跑去公園的公共游泳池、噴水池和池塘玩水。沒有人有意願談論這件事，因爲那些孩子從不進食也未免太奇怪了。有個男子在阿韋亞內達公園開超市，信誓旦旦地說那些孩子夜裡去過他的店，帶走一大堆罐頭和乳製品。這起竊案好似讓人們卸下心中的大石。然而，最終查明只是一起普通竊盜案，是幾個住在附近的公共住宅的年輕小伙子幹的。超市事件闢謠後，整座城市再次屏住呼吸，再次夜不成寐地等待。

貝德羅準時抵達。他倆約好十點鐘碰頭，貝德羅十點整就到了。奇怪的是他居然會準時。之所以這麼說，不只因爲他通常不守時，更是因爲報社最後一刻通常有事要他處理，無法脫身。再也不會了。報社和其餘一切一樣，進入休眠了。另外一個例子是外送披薩的少年。披薩男孩先摁了其他幾間公寓的門鈴，才終於找到梅琪家，他支支吾吾地賠不是，說他拿來記樓層號碼的小抄搞丟了，離開時還差點忘記找錢，但不是想要把錢私吞，而是因爲注意力不集中。

梅琪切著披薩（這也很怪：現在送來的披薩都不會事先分切好），和貝德羅談論外送男孩的態度。貝德羅搖了搖頭，打開葡萄酒，好似已下定決心要喝個爛醉，期待被麻醉，期待遺忘一切。

「梅琪，親愛的，這他媽的到底是怎麼一回事？」貝德羅啜飲了一口杯中的酒，開口問道。「我發誓我有那些人口販子和皮條客的線索，但那些失蹤的女孩突然出現，彷彿什麼事都沒發生過。所有的一切分崩離析，我這幾年的工作成果全被她們毀了，彷彿這件事根本不是眞的。但我跟妳發誓，我的調查是眞的，操他媽的！那不只是我的調查！妳倒是看看檢察官查到什麼地步了！」

「她放棄了嗎？」

「快了。」

「那凡娜迪絲的影片呢？」

「那個魔鬼少女啊。我要把影片賣給一個電視節目，他們會付錢給我。我跟妳發誓，我要搬去蒙特維多，或者去巴西生活。對，就這樣吧。梅琪，跟我一起去吧，就像我奶奶從前常說的，這是魔鬼的把戲。」

「有天，我在網路上讀了一個東西，我覺得……我不曉得該怎麼說，很蠢。」

「別一天到晚泡在網路上，網路會害人發瘋。不過，妳倒是說說看。」

「我記的不是很清楚，但大致上是這樣：日本人相信人死後，靈魂會跑去一個地方，我們姑且稱之爲一個有限制額度的地方。額度達到上限、沒有空間容納更多靈魂的時候，靈魂就會回到陽間。而且，事實上，靈魂的歸來是世界末日的預兆。」

貝德羅緘默不語。梅琪想著她曾在法院看過的牛仔弟的相片。相片中，牛仔弟的胸口嵌在馬路上，雙腿斷成三截。

「這些日本人對於死後世界的概念還眞像是不動產。」

「小小的國家，塞了很多人。」

「不過，對，梅琪，這也是有可能。他們可能正在回來。可能是任何東西，除了相信，我不知道還能做些什麼。昨晚我去了死亡之巢一趟，去了那個卡塞羅斯監獄。」

「你跑去找凡娜迪絲的那個朋友嗎？」

「對，嗯……我不曉得自己跑去那兒做什麼。現在找出她那個朋友也沒有意義了，不是嗎？我跑去看看那裡到底都在搞些什麼。妳知道那裡發生了什麼事嗎？完全沒有半個人。」

「最好是沒有半個人啦，那裡明明滿滿都是毒蟲小鬼，我經過那附近好幾次了，到處都是吸毒的。」

「社區的每一個居民也是這樣跟我說的。我叫他們也過去看看。完全沒有半個人。我進到監獄裡頭，白天進去的，我雖然瘋瘋癲癲的，可倒也沒那麼瘋。那裡頭到處是衣服、瓦楞紙板、床墊，甚至還有幾個帳篷。妳聽聽，那些孤兒還搭了帳篷！其中一個還是多伊特牌的……某個中產階級的蹺家兒童，過著很鳥的生活！總之，那裡半個人也沒有。我聽見某些動靜，看見一個影子快速移動，嚇死我了，然後我就跑了。」

「大概是狗吧。」

「我哪知道，可能是任何東西。說真的，那裡沒有半個人。彷彿他們全逃跑了。」

兩人陷入沉默，幾乎沒怎麼動披薩。

「你眞的要離開布宜諾斯艾利斯嗎？」

「這座城市充滿了鬼魂，人們都發瘋了，誰受得了，我不想再繼續待在這裡了。梅琪，妳爲什麼要留下來？」

「我沒錢。」

「可是我有啊，我借妳就好了。我們離開一陣子，看看發生什麼事再說。我無法忍受等待，所有人都在等待某件事發生，妳注意到了嗎？人們會放火燒那些孩子，會朝他們噴辣椒噴霧，會叫警察把他們抓走。我不想看見這些事。不然就是那些孩子會開始攻擊民衆。」

「我覺得你也花了很多時間泡在網路上。」

「對啦，所以我才跟妳說網路會害人發瘋。我會離開一陣子，等該發生的事都發生了以後才回來，妳如果可以跟我一起走，那就太好了。」

梅琪不發一語，之後望著貝德羅。她的右腿彷彿被某種機制啟動，抖了起來。平常她有事沒事就會摸頭髮，摸到頭髮油膩膩的。不，她不會跟貝德羅一起去任何地方，此外，她想要留下來看看所謂「該發生的事」是什麼事。

「親愛的，妳會跟我一起來吧？」

「不會。」

「妳未免也太頑固了。」

「你又知道其他地方沒發生同樣的事？」

「因爲沒有發生！只有布宜諾斯艾利斯發生這種事，妳明明知道只有這裡這樣，妳去馬德普拉塔走一遭，那裡根本沒發生這種事，別自欺欺人了。」

「不，我的意思是，你怎麼知道其他地方不會開始發生同樣的事。」

「梅琪，妳的想法很邪惡。妳到底在想像些什麼？一個活死人回歸陽間的世界末日之類的？首先，那些孩子之中很多人並沒有死。別再一天到晚泡在網路上了。」

貝德羅於凌晨離開。兩人用力擁抱道別。貝德羅決定要去巴西，他有個朋友在聖保羅的報社工作，他打算去那兒借宿。他的朋友非常樂意收留他這個見證過布宜諾斯艾利斯失蹤孩童回歸的記者，當然，這起事件已有國際知名度。離開前，貝德羅告訴梅琪，他的老闆連眼睛都沒有眨一下，幾乎像是感到解脫，直接授權他放四週長假。當下他感覺老闆不希望他出現在附近，對他心懷恐懼。

*

梅琪很快注意到爸媽和絕大多數她遇到的人一樣，有些心不在焉，然而，爸媽幫她把行李拿到房間時（她小時候的房間），她發現他們也很好奇，想要多了解一些，想要知道這起事件的來龍去脈，想要問她。梅琪說她一無所知，說自己眞的跟其他人一樣惶恐不安。這麼說時，她感受得到爸媽的失望和一絲懷疑。搬家公司的人把她爲數不多的家具搬進後院的棚屋倉庫。父母親的家位於高級社區內，坐落於維亞德沃托區，空間寬敞，甚至有個小泳池。搬都搬回來了，梅琪覺得的確適合在這裡好好休息一陣子。

而且她距離那些公園很遠，這也是好事，非常好。

她的辭職過程很一般，委員會理事長信誓旦旦地說完全體諒她。理事長是個通情達理的男人，看似眞心感到震驚，有著濃濃的黑眼圈，左眼出血。梅琪去辦公室收拾東西的時候，情況變得更加奇怪。首先，葛蕾希菈人不在辦公室。瑪莉亞·勞菈（接待櫃檯的另外一名職員）怒不可遏，用粗暴的口氣說葛蕾希菈請了病假，說是要去看精神科，天曉得還會不會回來上班，她有非常嚴重的恐慌症，沒辦法下床。「可憐的葛蕾希菈。」梅琪說。話音剛落，瑪莉亞·勞菈朝她扔了一個紙鎮。梅琪險些就要被砸到，站在原地瞪著對方。瑪莉亞·勞菈的頭髮染了個醜不拉嘰的酒紅色，一臉火冒三丈的模樣，牙齒全露了出來，頸子繃得緊緊的，儼然像是高速公路底下辦公室內的一尊滴水嘴獸。

「給我滾出去！不然我殺了妳！」

「怎麼了？怎麼搞的？」

瑪莉亞・勞菈朝著梅琪瘋狂嘶吼，說都是她的錯，都是因爲她之前帶了那個小婊子來辦公室，那個該死的女孩。那天早上她從公園帶了那女孩來，都是她的錯，害葛蕾希菈發瘋了，而且都是她的錯，瑪莉亞・勞菈最後精神也會出問題，但「妳居然還有臉回來收妳的東西，我們早該把妳的東西放火燒掉，妳得去坐牢才對，我不曉得，這一切都是因爲妳帶來那個該死的婊子才開始的，應該要殺了妳們，但我們的政府這麼廢，什麼都不會做，什麼都不會、什麼都不會」……

梅琪把屈指可數的個人物品收進公事包，狂奔離開。反正，她本來在辦公室也沒放太多東西。她很遺憾沒能帶走檔案夾，不過反正她也帶不走，那不是她的東西。反正貝德羅搭飛機前往巴西前，也留了幾個資料夾的影印本給她，其中包括凡娜迪絲的資料夾。

總之，梅琪能夠體諒瑪莉亞・勞菈。必須讓某人背這個鍋，而且，沒錯，是她帶凡娜迪絲來的，那些失蹤又回來的孩子們的事也是這樣開始的。有件事倒是令她感到不安：她感覺自己身處危險之中。瑪莉亞・勞菈本可以殺了她，之所以沒有動手，單純因爲葛蕾希菈只是精神有點不正常，而且公園的那些孩子什麼事也沒有做，而她再怎麼說當時也算是在上班。然而，瑪莉亞・勞菈是瞄準她的頭把那個紙鎮扔過來的，可能會打中她。離職眞是個好主意。

梅琪在公園對面的街角等待駛往維亞德沃托區的一三四號公車。幾乎見不著那些孩子，因爲這個區域有路堤，他們不會太接近路邊，只會在公園裡頭遊蕩。令人驚訝的是，之前，環繞查卡布科公園的人行道每天無論任何時間都有數十人在跑步，其中有些人是運動員，有些則是自地鐵站匆匆離開的人。地鐵站的其中一個入口距離大道對面的玫瑰花園非常近。還有些居民會在人行道遛狗。現在，人行道荒無人煙，地鐵站入口也已關閉，另行公告重新開放時間。只有梅琪一個人在等公車。公車司機以速限兩倍的速度駛過公園，一越過公園，便隨即恢復合理的速度。梅琪意識到，司機居然願意靠站停駛，簡直就是奇蹟。

＊

和爸媽相處的第一個晚上還算平靜，只不過他倆飯後跑去坐在客廳的沙發上，打開電視機。梅琪不想待在家裡，她爸媽也感到不悅。「妳不可以逃避現實。」他們說。她沒理睬，把自己反鎖在房間內。她曉得爸媽在等待什麼。他們想要看那則發生在埃爾帕洛馬的離奇案件的報導。有對家長找回失蹤的女兒，卻又把女兒逐出家門，然後雙雙自殺。新聞頻道一如既往，一再重複報導這則新聞。那女孩於三年前逃家，顯然是跟父親發生了激烈口角，被父親揍了一頓，然後離家出走。她是出現在百年紀念公園的少女之一。再次現身時，她的一邊眼瞼紅腫，下唇破裂，血流不止，彷彿是二十四小時之前才剛被父親毆打。她身材矮小，有著一頭金色短髮，鼻子上穿了個環。梅琪讀過這女孩的檔案夾，曉得她曾被父親打過，她猜記者應該也知道，但那女孩回來後，他們並沒有把家暴一事報導出來，只描述一家子久別重逢有多令人感動，納悶「瑪里索在哪裡跌倒了呢」。他們當面直接問她，瑪里索只回答「我沒有跌倒」，沒多說些什麼。記者並沒有問她是否被誰毆打了。對梅琪而言，這種選擇性的沉默恰好證明記者對父親動粗一事知情，他們之所以沒有報導出來，因爲……當然，事情已經過去三年了。這三年間，瑪里索的頭髮和她逃家時一模一樣，保留了一樣的髮型、一樣的長度、一樣的髮色。

人們如此怯懦、如此愚昧，有時梅琪看了會憤怒得渾身打顫。她希望某人在電視上扯開嗓門大吼，希望某人發出嚎叫，希望某人說出：「這他媽的眞是怪得可以，這些孩子是誰，他們到底是什麼人！」

現在，她後悔自己曾希望這事件潰堤。因爲事情正在發生，人們陷入極度的歇斯底里。瑪里索的雙親並肩躺在床上，兩人之間擺了一張瑪里索小嬰兒時期的相片。父親首先飲彈自盡，朝著自己的太陽穴開了一槍。之後母親自他手中拿走手槍，把槍口抵入自己嘴內，一槍把頭轟飛。兩人留下一張字條，上頭寫著其他無數父母先前說過的話：「這人不是我們的女兒。」

爸媽開槍自盡後，瑪里索離開了。鄰居眼睜睜看見她走出家門，隨即拿起棍棒和石塊，追著她跑。其中一個人甚至遠遠朝她開槍。貝德羅先前向梅琪暗示的狩獵已經開始了嗎？至今，失蹤孩童的父母親只是把孩子退還回去，若他們精神錯亂到無法控制的地步，充其量只會住進精神病院，孩子們則會回到公園。至於爲什麼和這些孩子一起生活如此教人無法忍受，這些父母親也沒有給出淸楚的解釋。人們知道的是，某些廣播和電視節目，乃至於報紙和雜誌，願意付費採訪這些把孩子退還回去的父母親，然而，布宜諾斯艾利斯人口若懸河，對媒體也是熟門熟路的，但怪就怪在沒有人願意談談。

埃爾帕洛馬的自殺事件並非個案。幾天前，梅琪再次進入凡娜迪絲的MySpace塗鴉牆，尋找那個刺青師。塗鴉牆靜悄悄了好幾天，她終於找到一則新留言，上頭寫道：「我跑去見妳，但那不是妳。妳的牙齒明明跟吸血鬼一樣白。妳記得我們從前都是怎麼玩耍的嗎？我見到的那個女的認不得我，她是一個複製品，她的嘴巴跟妳不一樣，但我沒辦法接受，我接受不了。掰掰，凡娜迪絲。親愛的，我們會再相見吧？」

那句「我們會再相見吧」引起梅琪的注意。她點擊進入負零的塗鴉牆，沒花什麼工夫，便從刺青師朋友的留言中推斷出他自殺了。離開頁面時，淚水在她的眼眶中打轉。她沒辦法允許自己爲了一個愛上十四歲少女的三十歲男人落淚。她不該同情他。他愛她，沒錯，但他是個變態。對，她可以哭泣、爲她自己哭泣，因爲她從來沒感受過負零對凡娜迪絲的這種情感，就連一點點也沒有。

負零的自殺事件沒引起社會大眾的注意，悄悄過去了。反之，有些人開始爲埃爾帕洛馬的自殺事件發聲。那對殞命夫婦的鄰居說，打從那女孩回來後，他們就一直聽見母親在啜泣，徹夜不停。肉鋪老闆會向瑪里索的父親問起她的事，父親回答說一切都好，說只是瑪里索話非常少。街坊鄰居皆指出瑪里索從不出門。另外一些人指責她，說要不是因爲她，她的爸媽也不會自殺，說她的爸媽是虔誠的教徒，爲人正派得不得了，說都是那個女孩害死他們的。之後，各方言論如洪水般襲來。其他的父母親開始講述他們的小故事，解釋他們和孩子重逢後爲什麼又拋棄他們。梅琪不想聽他們辯解，再怎麼說，她覺得這麼做對孩子們不公平。對，他們也許是怪物，天曉得他們到底是什麼，但他們值得一個棲身之所，讓他們和牲畜一樣餐風露宿，實在不公平。

白天的時候，梅琪是這麼想的。但夜裡，爸媽收看電視的聲音自遠方傳來，檔案夾的影印本擱在床底下，她總會看見凡娜迪絲那歪斜牙齒的笑容，心裡惦記著那段她從來沒有看過的影片——要是貝德羅賣了影片，那麼在電視上很快就看得到了；想著換作是自己，也不會收留她回家。凡娜迪絲有著一頭烏黑的頭髮和駭人笑容，總是一動也不動的。梅琪差點就要愛上她了，但現在凡娜迪絲時常出現在她的噩夢中。

*

瑪里索雙親的自殺案，以及街坊鄰居的反應（隨著日子一天天過去，他們要求用私刑處死瑪里索，或者至少指控她爲殺人犯，讓她接受處決），導致事情有所改變。或者應該說遷徙。失蹤後現身的孩子一一步出公園。他們於午夜時分穿過大霧，列隊魚貫離開：冬季的集體出走。他們在大道上行進，人們紛紛跑到陽台上觀望。某人大吼辱罵了一句粗話，但被其他人噓了一聲。孩子們在一片寂靜中離場，和當初現身時一樣寂靜。他們彷彿不害怕來往的行車一般，大剌剌地走在馬路中央。警察出於謹慎，或者不曉得如何是好，封閉了主要道路的交通。集體大遷徙持續數日。貝德羅自聖保羅寄了一封電子郵件給梅琪。現在他在那兒當起了「阿根廷回家兒童」的專家（貝德羅總是有辦法讓事情往對他有好處的方向發展）。電子郵件上頭寫道：

> 我在電視上看見了。老友，真是令人毛骨悚然。這裡人人都瘋了。巴西佬才不害怕，他們不像我們那麼孬，想要去那兒近距離觀看那一切。這裡的人不一樣，他們超狂的，妳得來這兒，他們會改變妳的想法。我要說的是，妳知道那些孩子的行進列隊讓我想到什麼嗎？我會聯想到十八世紀末巴黎遷移墓

園。那件事超瘋狂的。當時墓園好似快爆滿了，是醞釀傳染病的毒窟，骯髒得不得了，因此人們決定讓所有的骸骨入土為安，把墓園遷移至郊區。他們一共花了好幾年的時間搬移屍骨，在夜裡搬，用馬車搬，替馬匹披上黑色毯子，讓牠們融入隊伍的黑衣和夜色，列隊中有修士唱著聖歌，當然也少不了蠟燭。妳大概納悶我怎麼會知道這種事吧，答案再明顯不過了，之前有錢去歐洲的時候，我去了巴黎地下墓穴觀光！那裡有人解說。我總是想像現在發生的事有點類似。

妳上次說，日本人相信死後的世界裝不下更多靈魂時，靈魂就會返回陽間。我有些迷戀這個觀念。巴黎地下墓穴的屍骨就有點像這樣，它們被埋進地底，因為墓園沒有空間了。我不知道，怪事一籮筐。妳別再作噩夢了，來找我吧。不，算了，妳還是留下吧，跟我說說那裡發生的事。

梅琪想著修士和屍骨，頓時明白貝德羅話中的涵義。孩子們的出行隊伍如送葬般哀悽肅穆，有一絲宗教的味道。

怪就怪在他們到底要上哪兒去。第一組孩子（里瓦達維亞公園的隊伍）訂出方向。他們先是分散開來，之後每支縱隊分別進入不同的廢棄房屋內。共有三百名孩童進入市中心里奧班巴街一棟種有棕櫚樹的廢棄大宅。另外三百名孩子來到查卡布科公園的卡菲拉塔區，進入一棟位於伊瓜爾達巷街角的空屋，房屋上了粉紅色油漆，荒廢多年，顏色斑駁，雙坡屋頂的位置附近有扇荒涼的窗戶。孩子們進入房屋後便把窗子開著。這個小社區的居民都是暴發戶，他們簡直嚇壞了，警方在各個街角設置了哨亭，但一籌莫展，一旦孩子們進到屋內，他們也沒膽嘗試把孩子們抓出來。

就算是法官下達驅逐令，他們也不敢動手。

他們心懷恐懼，不理解孩子們是如何進到粉紅房屋內的，因爲粉紅房屋的大門和窗戶（除了中間那扇）全被磚頭封死，但那些孩子依舊進去了。沒有人給得出一個說法。人們眼睜睜地看著他們進到屋內，信誓旦旦地說他們並沒有穿過磚頭——這麼說並不準確；他們只是走了進去，彷彿磚頭根本不存在一樣。

卡菲拉塔區那組隊伍由凡娜迪絲領隊。她的家人歡喜地迎接她歸來，兩個星期後又把她逐出家門。她的家人的說詞與其他家庭常說的並無二致。他們把孩子們趕到大街上，或者扔到某間法院門口，或者直接丟回到公園去。「這傢伙不是我們認識的那個女孩，她不是我們的寶貝女兒，我們不曉得她是誰。她有著一樣的長相、一樣的嗓音，對一樣的名字有反應，就連任何最微小的細節都一模一樣，但她不是我們家的女兒。隨您們想怎麼處理就怎麼處理吧。我們不想再見到她了。」

梅琪透過報紙得知關於凡娜迪絲和粉紅房屋的事。報紙上刊登了一張相片，凡娜迪絲站在二樓窗邊，探出頭來，嘴巴閉著，雙眼死死盯著相機鏡頭。相片中，凡娜迪絲的眼神令她感到頭暈目眩，雙手盜汗。她想要見凡娜迪絲一面，想要問一些事情。她眞是個笨蛋，當初在公園噴水池的階梯上發現凡娜迪絲時，居然沒問；雖然現在她非常害怕凡娜迪絲，仍想跟她聊聊，她確信眞正的凡娜迪絲是影片中的那人，是那個被幾名臃腫男子謀殺的少女，命喪市郊的骯髒旅社。凡娜迪絲被他們糟蹋、被他們奪走性命，她自認熟悉街頭，冒險過頭了；她對自己的美貌太有信心了，以爲不會有人傷害她。

梅琪在電視上見到了那段影片。貝德羅賣出影片，還通知她播放的時間。少女的臉孔拍得一清二楚。那是凡娜迪絲的臉。貝德羅相信影片中的那個女孩可能還活著，但梅琪確信事情並非如此。刺青師的遺言說服了她：影片中，女孩的嘴微微張開，看得見鋒利且尖銳的巨大牙齒，刺青師所提到的吸血鬼獠牙。時間可能毀了她的牙齒嗎？不至於，不會像是這樣。在公園內出現的那個凡娜迪絲，牙齒不只泛黃，還壞了，歪歪斜斜的。對梅琪而言，這點證明凡娜迪絲已死，且證明粉紅房屋內的那個女孩不是她，但梅琪仍想要見她一面，想要跟她聊聊。她需要這麼做。

乘坐公車的旅途很詭異。人們彼此之間保持距離，避免肢體接觸，彷彿其他人患有某種傳染病。梅琪沒有告知爸媽她要去哪兒，不想害他們擔心。出門時她只在口袋裡裝了鑰匙，跟爸媽說她要去英國區散散步。英國區是維亞德沃托區最美麗的區域。然而，她實則跑向大道，搭上一三四號公車。她為什麼用跑的？最近她感覺爸媽無時無刻都在監視她。甚至，有一次，睡覺時，她聽見他們關上她房間的門，彷彿剛才都在偷窺她。她認為爸媽有些懼怕她。再次搬離老家的時機又快到了。

整個卡菲拉塔區由警方嚴密看守。梅琪在這兒工作了那麼多年，能夠想像這些年認識的中產階級人家有什麼反應。他們無法理解安逸的生活居然會被破壞，想必是直接發瘋了。然而，警方允許梅琪進入。員警各個臉色蒼白，渾身顫抖。梅琪確定，只要粉紅房屋稍微有什麼奇怪的動靜，他們肯定撒腿就逃。若事情演變到這個地步，政府會派軍隊來嗎？他們會把所有孩子都殺死嗎？會和她之前在電視上看到的一樣嗎？她曾在電視上看到一個母親請求政府把那些孩子都殺了，說他們就像是空殼，裡頭空空如也。

也許吧。但時機未到。

梅琪在粉紅房屋前的人行道上停下腳步，站在依舊開著的小窗的那側。陽光普照，這天是個冷冽的冬日，但晴空萬里，天空蔚藍得令人睜不開眼睛。她把雙手靠在嘴上，做出喇叭狀，大喊凡娜迪絲的名字。她依稀聽見其他人家的百葉窗和門焦躁地動了幾下，甚至聽見警察靠了過來，但她沒把注意力放在他身上，視線緊盯著那扇白窗，等待。

凡娜迪絲探出頭來，那顆中美洲女神的頭，少女版的碧安卡·傑格，用一個幾乎看不見的手勢向她打招呼，深色的雙眸流露出一絲讚譽的意味。梅琪想要開口說話，但發覺自己渾身打顫，心臟撲通撲通地跳，半句話也說不出來。她不斷深呼吸，直到心情鎮定下來、說得出話爲止。她的嗓音顫抖，聽起來比平常來得尖銳。

「妳好，凡娜迪絲。你們在那裡做些什麼啊？爲什麼跑到那裡頭？」

凡娜迪絲沒有回答。梅琪問他們一共有多少人，凡娜迪絲說很多人，說她不是很清楚確切有多少人，屋內黑漆漆的。梅琪問他們是打哪兒來的，凡娜迪絲說是從很多不同的地方來的。梅琪問她想不想回去找爸媽，凡娜迪絲回答說不想，還補上一句說大家都不想。之後她用更爲宏亮且清楚的聲調，彷彿最後終於回答梅琪的頭一個問題，說：

「我們所有人都住在這上面。」

這時，其他孩子紛紛現身，一張張臉孔在凡娜迪絲身旁圍成一個圓圈。梅琪認得大多數人的臉，少男、少女、幼童。逃家或者遭人擄拐。活著或死了。

「你們會在那上面待很久嗎？」

所有的孩子異口同聲地回答她：「我們夏天的時候會下樓。」此刻，梅琪感覺他們不是孩子，他們組成一個單一生物體，一個以群體爲單位行動的完整生物。街角的警察伸手搭著梅琪的肩膀，害她嚇得叫出聲，差點出手揍警察一拳，但她忍住了，看見警察是個年約六十的男子（爲什麼不派比較年輕的人來？），跟她一樣害怕，甚至嚇得不比她輕。

「小姐，麻煩妳離開這裡。」

「不，我還有事情必須問她。」

「別逼我動手，麻煩妳了。」員警已抓住梅琪的腰和肩膀，雖然他年事已高，但力氣很大，足以把她拖到距離粉紅房屋遠遠的地方。

「我離開就是了，放開我。」梅琪大吼，但員警沒有鬆開她，一路把她拖走。附近的人家傳來吆喝聲，要求說「警察大人，把她帶走，別再打擾我們了」，有些人甚至還拍打百葉窗。粉紅房屋消失在梅琪的視線中。她奮力一扯，勁道之大，甚至還叫出了聲，自警察的懷裡掙脫，朝著議會大道拔腿狂奔，心想要趁夏天前、要趁孩子們離開粉紅房屋前，逃到遠方。也許逃去貝德羅那邊吧。不管那些孩子們是打哪裡來的，她要去個他們不會回來的地方。

臥床抽菸的危險

Los peligros de fumar en la cama

那是一隻夜蛾還是天蛾？她從來無法分辨。但有件事是確定的：夜蛾會在指間化作粉末，彷彿沒有器官或血液，幾乎像是菸灰缸中靜止不動的灰燼，稍微碰一下就散了。殺死夜蛾並不是噁心的事，把牠們扔在地板上不管，沒幾天就解體了。再者，夜蛾接近熱源時，並不是眞的會立刻燃燒起來。有人曾告訴她，夜蛾一蹭到發燙的電燈就會燒起來，但她常常看著夜蛾一而再、再而三地撞擊燈泡，彷彿樂在其中，最後仍是毫髮無傷。有時候夜蛾撞著撞著膩了，會飛出窗外。有些夜蛾的確在立燈內死去。牠們累了，或者認輸了，或者壽命走到終點了；在立燈外也一樣，牠們正慢慢地燃燒生命，拍打著翅膀撞擊燈罩，直到一動也不動爲止。有時候，半夜裡燒焦的氣味害她的鼻子刺刺癢癢的，害她夜不成寐，她會起床，把燈罩內的死飛蛾清乾淨。上床睡覺前，她很少記得把立燈關上。

然而，春初的一天夜裡，另外一種燒焦的氣味熏得她醒了過來。天氣微涼時，她總把灰色旅行毯拿出來蓋。她裹著毯子，檢查廚房，生怕哪口瓦斯爐沒關上，上頭有東西在燒。氣味並不是自廚房飄來的。也不是天蛾燒焦的味道，這晚她把燈關上了。焦味也不是從大樓走廊傳來的。她拉起百葉窗。外頭煙霧瀰漫，正下著雨。有個什麼在雨中燃燒，聽得見消防車的嗚笛聲。幾個鄰居大半夜的被吵了起來，在街道上嘰嘰喳喳，睡衣上頭肯定披著雨衣。她聽見嗓音沙啞的男子說「可憐的女人」。失火的地點隔得很遠，因此寶拉躺回床上。之後，她透過總是消息靈通的門衛得知，是轉角過去某棟大樓的六樓公寓發生火災，一名女性不幸命喪火場，是個癱瘓不便、長年臥床的老婦人，她的指間夾著點燃的香菸，在床上睡著了。平時照顧她的女兒（女兒的年紀也挺大的，約莫六十來歲）被濃煙嗆醒，狂咳到幾近窒息，意識到失火的時候已經太遲，沒能拯救母親的性命。「可憐的女人，該死的壞習慣。」門衛補充說那名婦人是老菸槍，足不出戶。寶拉一度想要對他說：「您又怎麼知道那個婦人是老菸槍？您不是才說她從來不出門嗎？您又是什麼時候看見她抽菸的呢？」但她閉上嘴巴，因爲她根本辯不過門衛，因爲她不禁想像起六樓老婦死前看見的最後一幕。老婦想必是眼睜睜地看著火焰自腳下往上竄燒，由於雙腿毫無知覺，她大概只能看著毯子起火。老婦心裡想的大概是：爲什麼不讓火勢繼續延燒、讓大火盡它的本分呢？應該會痛不欲生，但是，像她這樣的女人，垂垂老矣，肺都抽菸抽壞了，要多久才會昏迷呢？此外，要是她活活燒死，對女兒來說也是天大的解脫。

門衛把寶拉自想像的世界拉出來，把她拉出那個老婦人命喪火場、稍微令人感到安慰的世界。他送她到樓梯間，並通知她這週會安排公寓的蒸熏消毒。寶拉回答說好，心想若聽見門鈴，她會開門讓蟲害防治公司的人進門。雖然她的公寓內沒那麼多蟲子就是。除了那些飛蛾。此外，她確定毒藥是殺不死牠們的，牠們平時不生活在屋內，都是從馬路飛進來的。她的家中幾乎沒有活物，就連植物也活不下來。最近幾個月，她種的盆栽一株接著一株死去，井然有序，並不爭先恐後。公寓內唯一的活物，就只有她。

寶拉向門衛道別，直接躺回床上。被單充斥著雞肉排的味道。前一晚她烤了兩塊雞肉排。雞肉排的包裝袋黏在冷凍庫的冰上，非常難取出來。她不得不澆上幾近沸騰的滾燙熱水。熱水滴下幾滴，燙傷她赤裸的雙腳。結果這個方法根本一點用也沒有。她又試著用菜刀把雞肉排撬下來，弄著弄著覺得自己很可憐，又哭又笑的，心想此刻自己看起來大概活像個拿刀狂捅冰箱的連續殺人魔，手臂舉得高高的，刀子像是碎冰錐，一下一下往下刺。最終，她用早已凍得失去知覺的雙手把雞肉排扯下來，送進烤箱。雞肉排有些烤焦，撇開這點不說，也因爲染上了其他令人作嘔的味道而難以下嚥：烤箱的瓦斯時常外洩，她承租這間公寓已有三年，就連一次也沒清理過。因此，她沒辦法吃雞肉排，現在肚子餓得咕嚕叫，公寓內又臭氣熏天，害她睡不著。她討厭這股臭味，討厭到不禁落淚，爲了那臭味而哭泣，因爲她爲了除臭而點的薰香味道更臭，因爲她從來不記得買室內芳香劑（芳香劑的氣味同樣噁心），因爲菸味也害所有的東西發臭，但她菸抽得那麼凶，根本沒注意到，因爲她從來沒辦法有個乾淨明亮的家，一個散發著陽光、檸檬和木質芬芳的家。

寶拉用膝蓋頂起毯子，搭了個帳篷，把全身連頭罩起來。帳篷底下唯一的光源是香菸的火光。香菸微微顫抖，煙霧撫過，便好似重新燃燒起來。被單上沾滿了菸灰。她張開雙腿，用空著那手的食指愛撫陰蒂，一開始畫著圓摸，再來垂直摩擦，再來輕輕地撥動，最終左拉右拽。這樣自慰已經毫無快感。從前她會馬上感覺渾身顫抖，感覺得到匯聚的血液的溫度，再來是手指，手指會感覺外陰的肌膚變得稍微粗糙了些，一粒一粒的。潮水隨著最終的巨大顫動襲來，她會感覺自己真的尿了出來。但這都是以前的事了。現在無論她怎麼搞，什麼快感都沒有。她摩擦到陰部紅腫疼痛，但在流血前停手，因爲她曉得那感覺——鮮血，是她近期唯一能夠擠出的濕潤。

她把床頭小燈塞進被單底下。大腿內側表皮上佈滿了小小的紅色斑點，好似因爲炎熱或過敏而起的疹子，但那叫作角化症，她的胳膊和臀部兩側也有，肋骨部位也有一些。皮膚科醫師說透過大量治療方可改善，而且這症狀沒銀屑病或濕疹來得可怕，但她覺得已經夠可怕的，和她泛黃的牙齒、或者每日早晨牙齒流出的血一樣可怕。早上刷牙時，牙齦總會出血，不只是當下暫時的出血，而是眞的淌淌流出，滴落在白色洗手檯上。這症狀叫作膿漏，雖然牙醫師現在改用某個較爲優雅的病名代稱，她記不得叫什麼來著，但她寧可面對眞相，寧可稱其爲膿漏。她全身上下處處是毛病，多到根本不願去想。她有頭皮屑，患有抑鬱症，背上長了許多痘痘，有蜂窩性組織炎和痔瘡，而且下面乾得不行。像她這樣的女生，有誰會愛她呢？

她在被單底下點燃另一根菸，吐菸追逐一隻飛進她的帳篷避難所內的飛蛾，最後把牠熏死了。所以，煙霧能讓飛蛾窒息？這生物未免也太脆弱、太愚蠢了吧。她任由飛蛾在雙腿間抽搐，看見飛蛾小小的腿，像是非常小的蛆或蛔蟲。這是她頭一回覺得飛蛾噁心。她一腳把飛蛾踢到地板上，踢到床鋪外。她在帳篷內吐了幾個煙圈，吐著吐著無聊起來。這時，她決定把菸頭抵在被單上，看著橘色圓圈的邊緣愈燒愈大，直到看起來危險，火苗劈啪作響，加速燃燒，這才收手。然後她拍打被單滅火。燒焦的被單布料殘骸飄飛在帳篷內。小小的圓形火圈逗得她發笑。若把頭伸出帳篷外，把頭探入昏暗的房間中，床頭小燈的光線會從被單上燒出的小洞射出，光束照射在天花板上，讓天花板看起來宛如繁星遍佈。

她必須再多燒幾個洞，因爲，看見的霎時她就知道了。她想要頭頂上有一片星辰燦爛的夜空。這就是她唯一想要的東西。除此之外別無所求。

從前我們與亡者對話的時候

Cuando hablábamos con los muertos

這個年紀，腦子總有音樂在響，無時無刻響個不停，彷彿後頸處、頭殼底下有架收音機播著音樂。某日，那樂音會逐漸減弱，或者戛然而止。這情況發生時，意謂著這人不再是青少年了。然而，從前我們與亡者對話的那段時期，這事還沒發生，差得可遠了。當時腦中的音樂以最大音量播放著，聽起來像是超級殺手樂團的《血之王朝》。

我們在波蘭妹家裡玩通靈板。我們得關在她的房間內偷偷地玩，因爲瑪菈（波蘭妹的妹妹）害怕鬼魂和幽靈。她什麼東西都怕，呿，眞是個笨蛋。我們必須在白天玩，一方面是顧及她那個妹妹，另一方面是因爲波蘭妹家裡人多，而且早早就寢。他們一家子都不喜歡我們玩什麼通靈板，他們是超他媽虔誠的天主教信徒，會去望彌撒，還會朗誦玫瑰經。這家人之中唯一酷的人就屬波蘭妹。她搞來一副超讚的通靈板。有一本名爲《神祕學世界》的雜誌，登載著魔法、巫術和其他無法解釋的事物，在書報攤買得到，收集多了還能裝訂成冊。通靈板是該雜誌增刊的特別贈品，許多期都送過，但每次我們根本還來不及湊齊錢去買，雜誌就銷售一空。波蘭妹對這件事無比認眞，省吃儉用，我們才得以搞到這副美麗的板子。通靈板是紅色底，上頭寫著灰色的數字和字母，有幾個非常邪惡且神祕的插圖圍繞在中央的魔法陣旁。我們總是五個人聚在一起玩通靈板：我、胡莉亞、木偶妹（我們這樣叫她可不是因爲她有長長的鼻子，是因爲她跟木頭一樣呆，是全校最遲鈍的學生）、波蘭妹和娜蒂亞。我們五人都抽菸，因此玩通靈板時，有時乩板好似飄浮在煙霧之中。我們總把波蘭妹和她妹妹的房間熏得臭氣沖天，尤其我們開始玩通靈的時候正値冬季，冷得要死，沒辦法把窗戶打開。

就這樣，我們關在煙霧瀰漫的房間內，玩那個瘋狂至極的通靈板。某天玩著玩著，被妲里菈（波蘭妹的媽媽）逮個正著，被她踹著趕了出門。我在最後關頭收好通靈板，打從那之後，就一直留在我這兒。胡莉亞接住乩板，沒讓乩板摔破，要是摔破，可憐的波蘭妹和她家人的麻煩就大了，因爲那個當下我們原本在跟一個亡者對話，祂好似非常邪惡，甚至還跟我們說祂不是亡魂，而是墮落天使。總之，那個當下我們早就知道幽靈都很愛撒謊，奸詐狡猾，盡耍一些廉價的把戲，比方猜出我們的生日，或者我們爺爺奶奶的中間名。這些伎倆可嚇不著我們。我們五人拿針刺手指，用鮮血相互發誓沒有人移動乩板——我相信確實如此。我沒有移動乩板，就連一次也沒有，我眞心相信我的朋友們也沒有。最一開始，乩板總是很難開始動，一旦動了起來，便像有個磁鐵吸附住我們的手指，我們根本不必碰它，從來也沒去推動它，甚至連稍微用手指抵著也沒有；乩板自己在神祕插圖和字母上飛快滑動，有時候我們甚至來不及抄下問題的答案（我們之中總有人負責做筆記）。我們有一本特別的筆記本，專門用來抄這些東西。

波蘭妹的那個瘋老媽逮到我們後（她指責我們崇拜撒旦，罵我們是婊子，還打電話給我們的爸媽告狀，事情他媽的鬧得很難看），我們不得不暫停一陣子，我們找不太到其他可玩通靈板的地方。在我家根本不可能：那段時間，我媽有病在身，不希望外人到家裡，她只受得了奶奶和我；要是我帶同學回家，她會二話不說殺了我。胡莉亞家也行不通，她和爺爺奶奶及小弟共住一間公寓，屋內只有一個空間，用一座衣櫥分隔，姑且算是兩個房間吧，但到頭來還是同一個空間，毫無隱私可言，再來就剩下廚房、浴室、一座小陽台，上頭種滿了蘆薈和麒麟花，滿到根本看不見。娜蒂亞的家也不可能，她家在貧民窟。我們其他四人也不是住在什麼高級的社區，但我們的爸媽說什麼也不會讓我們在貧民窟過夜，這對他們來說太超過了。我們大可不說，偷偷溜出去，但事實上我們也有些害怕去貧民窟。此外，娜蒂亞可沒有撒謊：她常跟我們說貧民窟充斥著暴力，說她想要盡快閃人，夜裡時常傳來槍響，還有醉漢發酒瘋的鬼叫聲，她受夠了，不想再聽見那些噪音。她也受夠了人人都害怕去貧民窟找她。

接下來只剩下木偶妹的家。她家唯一的問題在於很遠，必須換兩班公車才到得了，還得說服我們爸媽允許我們去找她玩，去那個遠在天邊鳥不生蛋的地方。但我們說服他們了。木偶妹的爸媽時常放她一個人在家，去她家玩通靈板，我們不會冒著被人以上帝之名踹出屋外的風險。木偶妹的哥哥都搬出去住了，她有自己的房間。

終於，某個夏夜，我們四人終於取得爸媽的許可，到木偶妹家集合。她家還真夠遠的，門前的馬路未鋪柏油，人行道旁有水溝。我們差不多花了兩個鐘頭才到，一達她家，便明白千里迢迢來到這裡真是世上最棒的主意。木偶妹的房間很大，有一張雙人大床和幾張滾輪矮床，我們五人都有地方睡。她家的房屋很醜，還未完工，牆壁灰漿裸露，沒刷油漆，燈泡懸掛在醜陋的黑色電線上，沒有日光燈；地板只鋪了水泥，沒有貼磁磚、沒有貼木板，什麼都沒有。但她家非常大，有露台，後院還有烤肉架，比我們四人的家好上許多。住在那麼遠的地方實在很鳥，但如果想要住這種大房子（雖然尚未完工），遠也算值得了。屋外，距離布宜諾斯艾利斯市區遙遠的夜空呈現一片海藍色，螢火蟲翩翩飛舞，就連氣味聞起來也不一樣，瀰漫著一股混雜焚燒過的青草和河流的氣味。木偶妹的家四周設置柵欄，這點倒是眞的，還有隻塊頭很大的黑狗看守，我猜應該是羅威納犬吧，這種狗超凶猛的，沒辦法和牠玩耍。住在這麼遠的地方似乎有些危險，但木偶妹倒也從來沒有抱怨。

也許是因爲這個地方如此不同，因爲今晚來到木偶妹的家，我們感覺不一樣。她爸媽喝著啤酒，聽圓滾滾樂團，大狗時不時對著影子吠叫。也許正因爲以上種種，胡莉亞敞開心扉，鼓起勇氣告訴我們，她究竟想跟哪些亡者對話。

胡莉亞想要跟她的媽媽和爸爸對話。

*

胡莉亞終於肯開口談論她爸媽的事，眞是太好了，因爲我們沒膽問她。學校裡的人時常討論這個話題，但從來沒人當著她的面說，要是誰膽敢跟她說什麼蠢話，我們會義不容辭跳出來保護她。問題在於，大家都曉得胡莉塔的爸媽並非死於什麼意外事故：他們不見了、失蹤了，他們是「失蹤者」——我們不是很清楚一般大眾如何稱呼這類人。胡莉塔說她爸媽被人抓走了（她的爺爺奶奶是這麼說的），幸運的是，綁匪把孩子們留在房間內（也許綁匪沒有仔細查看房間吧，總之，胡莉塔和弟弟什麼也不記得，甚至不記得事發的那天晚上，也不記得爸媽）。

胡莉塔想要藉由通靈板找出爸媽的下落，或者詢問亡靈是否見過他們。她不只想要和爸媽說說話，還想知道他們的屍體在哪裡——這件事把她爺爺奶奶逼瘋了，奶奶甚至沒有墳可獻花，終日以淚洗面。此外，胡莉塔的想法和常人不一樣。她總說，若我們找到她爸媽的屍體、若亡靈給我們線索，而且線索可信，那麼我們必須上電視或去報社，我們會因此聲名大噪，人人都會喜歡我們。

至少對我而言，我覺得胡莉塔冷血的這一面實在太過分，但我心想沒關係，這是她自己的事。她說我們必須在心裡回想其他我們認識的失蹤者，讓亡靈助我們一臂之力。我們讀過一本通靈板使用指南，書中提到：專注想著某個認識的亡者，回憶祂的氣味、祂的衣物、祂的動作、祂的髮色，在心中構築畫面，會更加容易召喚出真的亡者，因為有時候召來的會是假的亡靈，祂們謊話連篇，把人唬得一愣一愣。分辨被召來的亡者的身分，著實困難。

波蘭妹說她阿姨的男朋友失蹤了，世界盃比賽期間被人抓走了。我們大吃一驚，因為波蘭妹的家族自視甚高。她說，她的家族之前對這件事絕口不提，但有次家裡舉辦烤肉，男人們憶當年，大聊肯佩斯和世界盃冠軍，她阿姨聽著聽著突然一肚子火，猛灌紅酒，喝得有些酣醉，偷偷把男友的事告訴了她，說了當時有多害怕。娜蒂亞提起她爸爸的朋友：小時候，那個男人週日常來家裡一起吃飯，某天之後就再也沒來過。她並沒有特別留意到爸爸的這個朋友消失了，尤其是因爲那男人很常跟她老爸一起去踢球，他們並不會帶她去看比賽。她幾個哥哥倒是注意到那人不再來家裡，問老爸發生了什麼事。她爸爸不忍心對他們撒謊，沒辦法說他們吵架了之類的，便說出那人被抓走了，和胡莉塔的爺爺奶奶的說詞如出一轍。之後，娜蒂亞的哥哥才告訴她事情的眞相。當時，娜蒂亞和哥哥都不知道那人被抓去什麼地方，也不知道抓人是不是常見的事，也不曉得那人是好人還是壞人。但現在，看過電影《鉛筆之夜》[1]（我們差不多每個月租一次來看，每次都看得嚎啕大哭），讀過《再也不會》[2]（木偶妹有次把這本書帶來學校，因爲家人不允許她在家讀），聽過雜誌和電視講述的故事後，我們已經知道是怎麼一回事。我談起我家後院那頭的鄰居，他在那裡住了不久，前前後後不到一年，鮮少出門，但我們時常看見他在後院那頭散步（他家有個小院子）。我對這人沒什麼印象，宛如夢境一場，他也不是有事沒事就會待在他的院子。但一天夜裡，有人上門找他——我老媽逢人就提這件事，說就差那麼一點，都是那個狗娘養的害的，我們一家人也差點被抓走。也許正是因爲她時常拿這件事出來講，那個鄰居的事才會烙印在我的腦海中。直到另外一戶人家搬進那棟房子前，我總是惴惴不安。最後，我才意識到他不會回來了。

木偶妹沒有任何人的故事可講，但我們得出結論，我們已想到這麼多失蹤的亡者，也算夠多了。這夜我們玩通靈板一路玩到凌晨四點，大夥兒頻頻呵欠，抽菸抽得喉嚨沙啞。最棒的事莫過於木偶妹的爸媽根本沒來敲門催我們上床睡覺。我覺得（我不確定，因爲通靈板耗盡了我們的專注力），這段時間他們都在看電視或聽音樂，也是到凌晨才睡。

＊

那夜之後，同一個月，我們又兩度獲得家長的許可，去木偶妹家玩。說來還眞是不可思議，但我們的爸媽或監護人都跟木偶妹的父母通過電話，出於某種原因，聊完之後他們變得無比安心。問題出在另一件事：我們想和特定的亡者——胡莉塔的爸媽——對談，但很難辦到。亡靈都愛拐彎抹角，很難乾脆回答「是」或

「否」，每次的結果都一樣：祂們說出遭到綁架的地點，說完就停住了，沒辦法進一步講述祂們是當場被殺了，還是被帶去其他地方，都不告訴我們。之後祂們繼續兜圈子，接著就離開了。眞是令人沮喪。我認爲我們跟我那個鄰居對話了，但之後祂拼出「亞拉納亂葬崗」的字樣，就離開了。那就是祂，不會錯的。祂跟我們說了祂的名字，我們查了《再也不會》那本書，在名單裡頭找到祂的名字。我們嚇得屁滾尿流。祂是我們第一個對話的貨眞價實的亡者。至於胡莉塔的爸媽，一點消息也沒有。

在木偶妹家的第四夜，出事了。我們成功與一個亡者對話，祂聲稱認識波蘭妹阿姨的男友，說他們從前一起念過書。該亡者名爲安德烈斯，祂跟我們說祂並沒有被人抓走，也沒有失蹤，而是自己逃到了墨西哥，之後在該國遇上了一場車禍而死，總之跟什麼綁架的毫無關聯。此外，這個安德烈斯也超酷的，我們問祂爲什麼每次問起亡者祂們的屍體在哪裡，祂們聽了總會離開。安德烈斯說，某些亡者之所以離開，是因爲祂們不曉得自己的屍體在哪，因而緊張、感到不自在。但有些亡者不回答，是因爲在場的某人令祂們感到不舒服，我們之中的某人。我們問安德烈斯爲什麼會這樣，祂說祂不曉得原因，但事情就是如此，我們之中的某人很多餘。

之後，安德烈斯的亡魂離開了。

我們想了想，決定不把這話放在心上。後來幾次玩通靈板的時候，我們總會問召來的亡魂，我們之中的某人是否令祂感到不舒服，但之後便不再這麼做了，因爲亡魂很愛拿這件事煩我們、戲弄我們。一開始祂們說是娜蒂亞，後來又說不是她，說娜蒂亞很好，惹人厭的是胡莉塔。祂們可以像這樣鬧我們一整晚，叫我們之中的某人把手指放到乩板上再拿開，甚至還叫我們滾出房間，這些混帳亡魂的要求沒有底線。

總之，安德烈斯說的話讓我們難以忘記，開啤酒的同時，我們決定重新檢閱先前在筆記本上抄下的對話。

此時，有人敲門。我們嚇了一跳，木偶妹的爸媽從來不會打擾我們。

「是誰？」木偶妹問，嗓音有些顫抖。說眞的，我們都快嚇死了。

「我是雷歐。可以進去嗎？」

「進來啦！白痴喔！」木偶妹跳了起來，把門打開。雷歐是她的哥哥，住在市區，平日都要上班，只有週末回來探望爸媽。他也不是每個週末都回家，有時候太累了就不會回來。我們認識她哥，小時候，我們還念一、二年級的時候，每當木偶妹的爸媽沒空，雷歐會到學校接她。之後我們長大了，改搭公車。說來還眞可惜，搭公車意謂著我們沒機會再見到雷歐。他的身材壯碩，皮膚黝黑，有著一雙碧綠的眼睛，一張殺手般的臉孔，帥得要命。那晚，在木偶妹家中，她哥一如既往地帥氣。大夥兒都稍微嘆了一口氣，試著把通靈板藏起來，單純擔心他覺得我們是怪咖。但他不在意。

「在玩通靈板啊？這玩意兒超扯的，我還怕哩，妳們這些妹子還眞帶種。」他說，看向木偶妹。「小妹，妳能幫我搬小貨車上的東西嗎？我帶來給老爸老媽的。老媽已經上床睡覺了，老爸的背在痛……」

「你就是非得要來煩我是不是！很晚了欸！」

「好啦，我就剛到啊，不然怎麼辦，拖到時間了。來啦，要是把東西留在小貨車上，可能會被人偷走。」

木偶妹不甘不願地答應，要我們等她一下。我們圍著通靈板坐在地上，竊竊私語討論雷歐長得有多帥氣，說他今年大概二十三歲了吧，比我們大許多。木偶妹拖了很久還沒回來，我們覺得很奇怪。半個鐘頭過去了，胡莉塔提議去看看發生了什麼事。

接下來的一切發生得非常快速，幾乎同時發生。乩板自己動了起來。我們從來沒見過這種事。我們的手指都沒有放在乩板上，甚至還離得遠遠的。乩板移動，快速拼出「好了」。好了？什麼東西好了？同一瞬間，馬路上、大門口，隨即傳來一聲尖叫：是木偶妹的叫聲。我們狂奔到外頭看看出了什麼事，看見她抱著媽媽，哭個不停，兩人坐在電話小桌旁的沙發上。這時我們還一頭霧水，但之後，她倆稍微冷靜下來後——稍微而已，我們大致還原了事發經過。

木偶妹跟著哥哥來到房子的轉角。她不明白哥哥爲什麼把小貨車停在那裡，明明到處都有位置停車，但她哥哥沒有回答。兩人走到屋外後，哥哥就變了一個人，態度變得很差，不跟她說話。來到街角時，哥哥要木偶妹等一下。根據木偶妹的說法，她哥哥就這麼消失了。外頭伸手不見五指，因此他也可能是走了幾步，消失在木偶妹的視線中，但據她所言，哥哥平空消失了。木偶妹原地等了一會兒，看看哥哥有沒有要回來的意思，但她發現根本也沒看見什麼小貨車，頓時心生恐懼。回到屋內，她發現爸媽都還醒著，躺在床上。她跟爸媽說雷歐回來了，說他超怪的，要她幫忙從小貨車上搬一些東西下來。爸媽看著她的眼神彷彿像是她發瘋了一樣。「雷歐沒有回來，親愛的，妳這是在說些什麼？他明天一大早要上班。」木偶妹怕得直打哆嗦，嘴裡不斷念著「那是雷歐、那是雷歐」，這時她老爸發火了，大吼問她是嗑藥了還是怎麼樣。她媽媽比較冷靜，對她說：「這麼辦吧，我們打電話去雷歐家找他。他應該在家裡睡覺。」媽媽這會兒也有些遲疑，因爲她看見木偶妹十分篤定、極度不安。她撥打電話，過了好一會兒雷歐才接聽，髒話罵個不停，因爲他睡得正香甜。媽媽對雷歐說「之後我再跟你解釋」之類的，然後開始安撫木偶妹。木偶妹精神崩潰，情況十分嚴重。

最後甚至連救護車都來了，因爲木偶妹不斷大吼著說「那個東西」摸了她（手臂搭在她肩上，就像是一個擁抱，只是比起溫暖，她更感覺冰冷），說那東西之所以過來，是因爲她是「惹人厭的那一個」。

胡莉塔悄悄跟我說「是因爲她沒有任何親朋好友失蹤」。我叫她閉嘴。可憐的木偶妹。我也感到十分恐懼。若那人不是雷歐，又會是何人？那個來找木偶妹的人跟她哥就像是同一個模子刻出來的，簡直像孿生兄弟，木偶妹就連一秒鐘也沒懷疑。那人是誰？我不想回想他的雙眼，我不想再玩通靈板，也不想再來木偶妹的家。

之後，我們再也沒有聚在一起。木偶妹病了。她爸媽指責我們——他們眞可憐，不得不把錯怪到某人頭上——說我們對木偶妹開了惡毒的玩笑，害她變得有些瘋瘋癲癲的。但我們四個都知道事情並非如此，那些亡魂之所以盯上她，正如安德烈斯的亡魂所言，是因爲她很惹人厭。我們與亡者對話的時期就此畫上句點。

1 《鉛筆之夜》（*Noche de los Lápices*）：講述一九七六年九月十六日晚上，六名中學生遭人綁架或殺害。接下來的幾日，又有十名學生遭綁架或凌遲，其中六人慘遭殺害。幕後黑手爲軍政府獨裁政權。

2 《再也不會》（*Nunca más*）：阿根廷失蹤者國家委員會最終報告，於一九八四年出版。該委員會匯編了獨裁時期（1976-1983）的失蹤案件，共收錄八千九百六十一件死亡或失蹤案例。本書別稱「薩巴托報告」，因爲名作家埃內斯托·薩巴托（Ernesto Sabato, 1911-2011）爲該委員會理事長。

木馬文學 164

臥床抽菸的危險：驚悚小說公主獻給失蹤者的安魂曲

Los peligros de fumar en la cama

作　　者	瑪里亞娜・安立奎茲 Mariana Enríquez
譯　　者	劉家亨
社　　長	陳蕙慧
總 編 輯	陳瀅如
責任編輯	陳瀅如
行銷業務	陳雅雯、趙鴻祐
封面設計	朱疋
內頁排版	Sunline Design
印　　刷	呈靖印刷股份有限公司

出　　版	木馬文化事業股份有限公司
發　　行	遠足文化事業股份有限公司（讀書共和國出版集團）
地　　址	231023新北市新店區民權路108之4號8樓
電　　話	02-2218-1417
傳　　眞	02-8667-1065
客服信箱	service@bookrep.com.tw
客服專線	0800-221-029
郵撥帳號	19588272木馬文化事業股份有限公司
法律顧問	華洋法律事務所　蘇文生律師

初版一刷	2023年8月
定　　價	NT$380

ISBN	978-626-314-490-3（平裝）
	978-626-314-491-0（EPUB）

國家圖書館出版品預行編目（CIP）資料

臥床抽菸的危險/瑪里亞娜.安立奎茲(
Mariana Enríquez)作；劉家亨譯. -- 初版. -- 新
北市：木馬文化事業股份有限公司出版：遠
足文化事業股份有限公司發行, 2023.08
面；公分. -- (木馬文學；164)
譯自：Los peligros de fumar en la cama.
ISBN 978-626-314-490-3(平裝)

885.7257　　112011389